Franz Tumler
Der Mantel

Serie Piper
Band 622

Zu diesem Buch

Franz Tumlers Erzählung »Der Mantel« nimmt nicht ohne Absicht mit ihrem Titel Bezug auf ein Meisterwerk der Weltliteratur, auf Nikolai Gogols gleichnamige Geschichte vom kleinen Beamten Akakij Akakjewitsch und dessen tragischer Liebesgeschichte zu seinem prachtvollen Überzieher.
Auch Franz Tumler bewegt bei seinem Erzählen von Herrn Huemer und seinem Mantel die Frage, wieweit ein Ding, ein ganz alltägliches, im Leben eines Menschen eine Rolle spielen kann, und wie sich daraus ein Bild dieses Menschen gestalten läßt: »... es war etwas in seiner Natur, das sich mit den Dingen nicht einlassen wollte«, heißt es vom Helden der Erzählung, und als er sich dann doch einläßt, als er den Mantel, der so verführerisch die Ladenauslage zierte, erworben hat, beginnt für ihn eine groteske Odyssee, zunächst mit dem Mantel, danach, als er ihm abhanden gekommen ist, ohne ihn.

Und als er ihn schließlich wieder findet, da weiß er plötzlich wieder, was zu tun ist. »Etwas war ihm genommen worden, etwas anderes hatte er erhalten.« Nicht, daß er über sich hinauswächst, ist das Kennzeichen dieses eigentümlichen Helden in Tumlers Erzählung, sondern daß er erkennt, daß er über sich nicht hinauswachsen kann.

Franz Tumler, geboren am 16. Januar 1912 in Gries bei Bozen, aufgewachsen in Linz, lebt heute in West-Berlin. Zu seinen Hauptwerken zählen »Das Tal von Lausa und Duron«, »Ein Schloß in Österreich«, »Nachprüfung eines Abschieds«, »Volterra«, »Aufschreibung aus Trient«, »Das Land Südtirol«, »Pia Faller« und »Sätze von der Donau«.

FRANZ TUMLER

DER MANTEL

Erzählung

Piper
München Zürich

Von Franz Tumler liegt
in der Serie Piper außerdem vor:
Das Land Südtirol (SP 352)

Weitere Werke sind in Vorbereitung

ISBN 3-492-10622-6
Juli 1986

Umschlag: Federico Luci, unter Verwendung
der Farblithographie »Il cappotto« von Bruno Bruni.
Wir danken der Edition Volker Huber,
Offenbach am Main, für die Abdruckrechte.
Satz: Ladstetter, Hamburg
Druck und Bindung: Clausen & Bosse, Leck
Printed in Germany

DER MANTEL

I

Die Geschichte von dem Mantel, der ihm verloren gegangen ist, habe ich Herrn Huemer in unserer Gesellschaft ein paar Mal erzählen hören, und merkwürdigerweise hat sie uns jedes Mal Eindruck gemacht, darüber war er selber erstaunt. Für ihn sei die Geschichte nur ärgerlich gewesen, sagte er beim ersten Mal; ein reiner Verlust, wenn er ihn auch nicht so empfunden habe, weil etwas dabei ihn sorgloser, freier, großzügiger gemacht habe, was früher nicht seine Stärke gewesen sei. Wir alle kannten Huemer ganz gut. Eine gewisse Kleinlichkeit und Ängstlichkeit gehörte zu seinen Eigenschaften. Offenbar wollte er sagen, daß er sie damals verloren habe, ähnlich wie den Mantel. Manchmal schien er uns mit seiner Erzählung bedeuten zu wollen, der Verlust des Mantels, und was damit zusammenhing, habe in ihm noch viel mehr bewirkt; es hörte sich an, als ziele er auf die Behauptung, er habe sich damals geändert. Aber dann wieder, ein andermal, zog er aus der Erzählung entschieden das Gegenteil: niemand könne sich ändern, und das wisse er seither! Bei einem dritten Mal sagte er, die Sache wäre ihm als ein Zeichen begegnet. Jedes Mal, wenn er die Geschichte von dem Mantel erzählte, erwähnte er etwas dergleichen, worauf einmal einer der Zuhörer sagte: Aber Sie wollen doch nicht behaupten, daß dies eine wahre Geschichte ist, das haben Sie doch nicht wirklich erlebt, so etwas erlebt man doch nicht! Huemer erwiderte: So geht es mir, ich erzähle alles getreu, aber die Leute sagen, es sei eine erfundene Geschichte. Einmal sagte jemand: Das ist ja ein Traum, solche Dinge können einem in der Wirklichkeit nicht begegnen, die träumt man bloß!

Huemer sagte dagegen, daß er alles nicht erfunden, auch nicht geträumt, sondern erlebt habe.

Man hat mir geraten, Huemers Geschichte aufzuschreiben. Anderes schreiben Sie doch auch, hieß es, und wenn unsere Stadt darin vorkommt, das tut sie, so könnte die Sache Anklang finden, unsere Stadt ist noch niemals beschrieben worden als Schauplatz oder Hintergrund einer Geschichte, niemand kennt sie!

Ich mußte es zugeben, aber ich hatte meine Zweifel. Unsere Stadt ist ein nüchternes Wesen, vielleicht eignet sie sich gar nicht als Schauplatz für eine Geschichte. Sie hat kein Schloß oder sonst hervorragendes Bauwerk, einmal war ja ein Schloß da, aber man hat es halb abgetragen und den Rest umgewandelt in eine Kaserne für die Polizei, in dem alten Gewölbe ist eine Kantine, sie steht im Handelsregister unter dem Namen Rosa Glaser, geführt wird sie von dem Schwiegersohn der Frau, einem Mann mit pechschwarzen Haaren, der von der ungarischen Grenze stammt. Sie ist der Treffpunkt unserer kleinen Gesellschaft. Man kann bei dem Schwiegersohn Glaser ausländische Zigaretten und Schnäpse kaufen, und es läßt sich schwer vorstellen, daß die Polizei von dem verbotenen Handel nichts weiß. Ich will nicht behaupten, daß er mit den von ihr beschlagnahmten Beständen geführt wird, Tatsache ist, daß diese Bestände in den Kellern des Hauses lagern. So sieht es bei uns aus: die Altstadt, die anderswo als Schmuckkästchen gehalten wird mit Lokalen für die Fremden, ist bei uns ein zweifelhaftes Gelände, niemand geht in die feuchten Winkel, um etwa ein Portal zu bewundern oder zu einem Erker aufzublicken. Als ich klein war, gab es in der Altstadt ein Marionettentheater für Kinder, es spielte jeden Samstag, wir wurden hingeführt. Später, als ich zwanzig war und nur zu den Ferien in die Stadt kam, besuchte ich in derselben Gasse ein Nachtlokal, es wechselte jedes halbe Jahr seinen Namen, einmal hieß es ›Apollo‹, dann ›Orient‹, dann ›Maxim‹; alles großsprecherische Namen. Unsere Stadt will eine Großstadt sein, sie hat auch zugenommen, jetzt hat sie Industrie, Hochöfen, neue Viertel, doppelt so viele Menschen wie früher, aber eine Großstadt wird sie nicht. Es ist Geld da, die Geschäfte florieren, aber sie liegen alle öde hintereinander in einer langgestreckten Straße, die nie nach Großstadt aussehen wird, weil sie niemandem Lust macht, sich in ihr aufzuhalten, sie ist trotz Marmor und Glas einfach eine brave ›Hauptstraße‹, mit Häusern aufgetakelt: kein Schauplatz für eine Geschichte. Das einzige Besondere, das unsere Stadt hat: der große Fluß. Er kommt gewaltig herab, schnelle Strömung, Wasser, das sich wie in glatten Blasen daherträgt mit Wirbeln an den Rändern, und Wirbeln oft irgendwo in der mächtigen Breite, als begebe sich etwas drunten in der Tiefe. Niemals ist er blau; wenn es lange trocken war, ist er grün; im Frühjahr lehmig, das ist seine Hauptfarbe, Lehm und Mergelweiß, der Acker übersetzt in flüssigen Stoff, so wälzt er sich daher, ein Ackerstrom. Er bricht die Lehmerde vom Auenufer ab, aus Auen kommt er herein, geht in Auen wieder hinaus. Dazwischen ist die Stadt. Der Strom schlingt sich im Bogen um sie herum, will sie umarmen, aber diese Stadt läßt sich nicht umarmen, sie setzt ihre Geleise hin, Lagerhäuser, Kohlestapel, am andern Ufer eine verrottete Häuserzeile, und ein Stück weiter unten lädt sie ihren Müll ans Wasser. Sie gönnt sich nicht einen Blick Liebe, erlaubt sich nicht den Glanz der Umarmung, ein nüchternes Wesen, dem nichts passiert, in dem sich eine Geschichte gar nicht ereignen kann. Was soll da sein, die Stadt verdaut alles selbst, sie setzt eine Geschichte nicht frei. Am besten ist es in unserer Stadt noch, wenn sie ihre Geschäfte zumacht und sich selber wegschließt, ihre Leute ins Grüne schickt oder in die Dunsttöpfe der Wirtshäuser, dort werden sie zu behaglichen Landleuten, die sie in Wahrheit sind, nicht Städter. Dann sind die Straßen leer, die Fenster zu, die Mauern still, und etwas Unsichtbares tritt herein – sonntags. Die Stadt ist ausgestorben und verschwindet hinter dem leeren Raum, den dann etwas anderes füllt als Luft: der Strom, der unten seine Wasser dahinschiebt, schickt sie den Platz herauf und fließt durch die Straßen, setzt seine Marken an die Stockwerke der Häuser, Fische aus Dunst gehen durch die Fenster, eine Elektrische läutet von fern und schwimmt davon, sonst geschieht alles lautlos. So könnte ich anfangen: an einem solchen Sonntag kam Huemer in die Stadt.

Aber da ist eine zweite Schwierigkeit. Wir alle, denen Huemer seine Geschichte erzählt hat, kennen ihn; ich sogar bin mit ihm in die Schule gegangen. Aber die Leser, soll ich die Geschichte aufschreiben, kennen ihn nicht; für sie müßte ich etwas vorwegnehmen von seiner Person, und dann auch etwas hinzufügen zu der Erzählung – einmal dachte ich sogar: etwas hinzuerfinden zu dem Ereignis selbst, das uns mit allem Beiläufigen Eindruck nur gemacht hat in seiner Gegenwart, durch die Wirkung der direkten Mitteilung. Manches ist dabei offengeblieben, es hat uns nicht sehr gestört. Aber wenn ich die Sache aufschreiben will, muß sie komplett sein. Um einiges, das mir zu fehlen schien, habe ich mich bei Huemer erkundigt. Es hat mir nicht viel geholfen. Ich muß mehr wissen, als er selbst weiß, dann kann ich die Geschichte schreiben.

Das Wichtigste für den Anfang wäre: er wohnte gar nicht in der Stadt, und er war auch nie richtig einheimisch in ihr; darin unterschied er sich von uns, seinen Zuhörern. Nur als er zur Schule ging, und ein paar Jahre danach, wohnte er in der Stadt. Später, als er sich verheiratete, zog er zu seiner Frau in die Schweiz. Huemers Frau ist mir nur undeutlich in Erinnerung, sie stammte aus dem Baltikum, hatte aber einen schwedisch klingenden Namen, und in der Schweiz, in Genf, war sie aufgewachsen; dort, bei alten, und wie es hieß, reichen Verwandten, war sie zuhause. Die beiden lebten dann an verschiedenen Orten im Ausland, wo Huemer für seine Arbeit Verbindung anknüpfen hatte können; in dieser Zeit habe ich ihn aus den Augen verloren. Ich glaube, er war an keinem der Orte sehr lange. Jetzt wohnt er wieder bei uns, aber auf dem Lande. Nach der Straße ist der Ort Weifening sechzig Kilometer entfernt, mit der Bahn sind es fünfundsiebzig. Huemer fährt meist mit der Bahn, außer er hat jemand, der ihn mitnimmt; er kommt für gewöhnlich am Freitag abend, Freitag ist auch der Tag, an dem sich unsere Gesellschaft versammelt. Daß er damals an einem Sonntag kam, hing an einem besonderen Umstand: er kam nicht von Weifening, sondern von einer Reise, er war acht Tage weggewesen – im Ausland wieder, und er hatte nach dem Fortsein nur noch knapp Geld, das stellte er schon an der Grenze fest, er mußte sich sogleich welches besorgen von seinem Konto bei der Bank in der Stadt. Nun sagte er sich: steige ich nach Weifening um und schreibe an die Bank, so geht die Karte, weil Sonntag ist, erst Montag ab, Dienstag ist sie in der Stadt, frühestens Mittwoch habe ich mein Geld. Er sagte sich, ich mache es anders, ich fahre jetzt gar nicht erst heim, sondern fahre durch bis in die Stadt, und morgen früh, Montag, neun Uhr, wenn die Schalter öffnen, gehe ich auf die Bank, da habe ich sofort das Geld.

So erzählte es uns Huemer, das sei seine Überlegung gewesen. Aber ich glaube nicht, daß dies der wahre Grund ist, warum er im Zug blieb und in die Stadt fuhr. Später war in seiner Geschichte von Geld oder zu wenig Geld nicht mehr die Rede, daraus läßt sich schließen, daß er ganz gut bis Mittwoch hätte auskommen können. Und immer gibt es neben den Gründen, die wir uns selber anführen, andere Gründe aus unkenntlichem Stoff, gegen die wir uns versichern mit einem deutlichen, erkennbaren, einwandfreien Grund. Ich kannte Huemer von der Schulzeit her besser als mancher andere, wir saßen vier Jahre lang in derselben Klasse, im letzten Jahr sogar in derselben Bank. Unsere Schule lag, so hätte man damals sagen können, am Rande der Stadt; heute liegt sie nahe dem Zentrum. Um soviel ist die Stadt gewachsen, dabei hat sich in dem Viertel, zu dem die Schule gehört, wenig geändert. Es heißt noch immer das Kapuzinerviertel, die Straße heißt deswegen auch Klosterstraße, ringsum sind die Stiftsgründe, ausgedehnte Gärten, die man in den inneren Vierecken, hinter den Straßenzügen, nicht vermutet. Die Straßen laufen gegen den Abhang eines langen Hügelrückens, auf dessen vorgestrecktem Sporn das Kloster steht, die Querstraßen gehen vor der Hügelkante entlang, so ist das Viertel an den Fuß des Kapuzinerberges herangebaut. Er hat Sandsteinbrüche und Wiesen, ist unterkellert von

Brauereien, die in ihn das Bier einfahren, auch Gärtnereien mit Glashäusern gibt es, und weiter oben Parkanlagen und Villen. Sie blicken herunter auf die einfachen niedrigen Häuser, die beinahe allesamt aus den sechziger, vielleicht noch den siebziger Jahren des vorigen Jahrhunderts stammen, sie sind alte Vorstadt. An ihren Hofseiten, manchmal auch der Straße zu, gibt es noch Brunnen aus der Zeit, ehe die Wasserleitung gebaut war, die Parterrewohnungen liegen niedrig, die Fußböden sind einfache Laden, auch die Vorhäuser müssen gescheuert werden, Hochparterre, Parkett und Kunststein waren zu der Zeit noch nicht erfunden. Aber es gibt auch noch Fliederbüsche neben den Brunnen, die längst nicht mehr benutzt werden, und Pfeifenstrauch und Geißblatt ranken sich um die Bretterverschläge der Holzlagen. Im ganzen ist es ein zurückgebliebenes Viertel, freundlich nur durch eine Art Ländlichkeit, die sich so nahe am Kern der Stadt, eine Straßenkreuzung nur von der Elektrischen entfernt, nirgendwo sonst erhalten hat. Einiges Neue hat sich auch hier hereingesetzt, das eine ist eben unsere Schule, aus Mitteln eines kirchlichen Fonds gebaut, 1908, welche Zahl wir, wenn wir als Schüler täglich dort einbogen, von einem gotischen Portal aus Zement ablesen konnten. Vorne war die Schule gotisch, in der Masse ihrer hinteren

Gebäude war sie es nicht; dabei besaß das vordere Haus kaum Tiefe, sodaß es mit seinem Gesimse- und Giebelzierat und ohne einen richtigen Körper dahinter aussah wie eine Attrappe seiner selbst, die man, um alles übrige zu verbergen, gegen die Straße zu aufgerichtet hatte. Was innen erst sichtbar wurde: die verschiedenen Trakte, Verbindungsgänge und Hofseiten, war schmucklos, es kann sich noch heute sehen lassen. Ich spreche von diesen Blicken so ausführlich, weil das zweite neuere Haus in der Straße, ein Wohnhaus des bischöflichen Ordinariats aus den Dreißigerjahren, fünfstöckig, mit Lift und in Glas vorspringendem Stiegenaufgang, das ganz nahe bei der Schule steht, in Huemers Geschichte eine besondere Rolle spielt. In ihm wohnte sein Onkel von mütterlicher Seite, ein Geistlicher, der am Bischofhof Domherr war. Das erfuhr ich nicht erst, als er seine Geschichte erzählte. Aber seine Familienverhältnisse waren uns stets auch undeutlich geblieben. Er gehörte zu den Leuten, die man sich immer allein vorstellt und nicht zusammen mit den Verwandten, die sie haben. Von Anfang her kannte ich von ihm nur die früheren Dinge: er war ein vorzüglicher Schüler gewesen, aber einer, der sich um die Schule nicht kümmerte, es ging bei ihm alles ganz leicht. Er trieb seine Nichtteilnahme ziemlich weit. Einmal war er in Gefahr, ausgeschlossen zu werden, man war ihm dahintergekommen, daß er am Abend einen Kursus für Aktzeichnen besuchte. Nur dem Umstand, daß mit dem Kursus auch ein Unterricht in Kunstgeschichte verbunden war, hatte er es zu verdanken, daß er an der Anstalt bleiben durfte. Der Leiter dieses Unterrichts, ein Mann, der am städtischen Museum arbeitete und Aufsätze über Kunst schrieb, legte ein Wort für ihn ein. Das war der Anfang einer Freundschaft zwischen dem jungen Huemer und dem älteren Seidler. Professor Seidler kommt auch in Huemers Geschichte vor, und bei ihm habe ich einiges erfahren, das für die Erzählung wichtig ist; ich mußte ihn dazu eigens aufsuchen. Zwar gehörte Seidler ursprünglich zu unserer Gesellschaft, man sagt sogar, er habe Frau Perutka, die uns am Freitag immer zusammenholt, früher gekannt als wir, er habe ihr bald nach ihrem Erscheinen in unserer Stadt einen Aufsatz gewidmet, und zwar, als er herausgebracht hatte, daß die mit dem unzugänglichen, immer unsichtbaren Herrn Perutka verheiratete Frau eine geborene Prinzessin N. war. Ihr Mann war General, ihr war es nicht genug, an seiner Seite die Pension zu verzehren, sie ging in ein Amt. Es kann wahr sein, daß sich Seidler von ihr nur Förderung versprochen hat, und wirklich hat Frau Perutka später ihm und seiner Frau zu dem Hause verholfen, in dem die beiden jetzt wohnen. Aber seit ein paar Jahren läßt er sich kaum sehen, er lebt zurückgezogen in diesem verwahrlosten ärarischen Gebäude, einer Klosterruine, die oberhalb der Stadt am Flußufer liegt und unter Denkmalschutz steht. Das war bei Seidler nicht immer so gewesen. Eine Zeitlang hatte er Ehrgeiz entwickelt, in unserer Stadt etwas zu werden. Es war von seiner Frau gekommen. Sie besaß Verbindungen, ihr Vater war Hofrat bei der Flußregulierung, ihr Großvater hatte die erste eiserne Brücke über den Strom gebaut, er war geadelt worden, seitdem stand vor dem Namen Wrann das Wörtchen ›von‹. Die junge Alix Wrann war Schauspielerin gewesen, eines Tages gab sie es auf und heiratete. Es sah so aus, als habe das angeborene Wohlsein sie um die Nötigung der Berufung gebracht. Anders Seidler – er gab nicht so rasch auf. Er hatte ursprünglich mehr werden wollen als ein Mann, der in der Stadt etwas galt. Nun sträubte er sich gegen die Beengung durch den Provinzgeist; das Ende war: er verpaßte seine Möglichkeiten in der Stadt und kam doch von ihr nicht mehr los. Zuletzt zog er sich zurück und begann ein sonderlinghaftes Leben zu führen. Ich sah es ihm an, als ich ihn besuchte. Ich wollte mit ihm über Huemer sprechen, aber dann war es weniger er als seine Frau, von der ich etwas erfuhr: sie erzählte mir von dem Jahr, in dem sie mit Huemer befreundet gewesen war, dann war es zu Ende gewesen, dann hatte sie Seidler geheiratet. Das alles lag weit zurück, es war das Jahr gewesen, in dem Huemer an die Akademie hatte geschickt werden sollen; da starb sein Vater, der auf dem Land Lehrer gewesen war; der Mutter, die eine kleine Pension erhielt, fehlte das Geld. Huemer kam in eine Buchdruckerei in die Stadt. Rasch tat er sich hervor, machte graphische Entwürfe für den Inseratenteil und die Plakatabteilung; als er einen Preis gewann, dazu einen größeren Auftrag bekam, tat er etwas, davon ihm alle Leute abrieten: er machte sich selbständig. Im selben Jahr heiratete er das Mädchen aus Genf, er hatte es bei einem Sommerkursus der Akademie kennengelernt, mit ihm ging er in die Schweiz. Eine Zeitlang kam er regelmäßig von dort wieder, er erzählte dann nichts von seinem Leben in der Fremde, er blieb immer für ein paar Wochen in der Stadt. Er wohnte bei einer unserer Bekannten, die um zehn Jahre älter war als er – Frau Elsa Sabotin, deren Mann damals als Arzt nach China gegangen war. Es war nicht klar, ob Frau Sabotin ihrem Mann nachfolgen oder sich von ihm scheiden lassen wolle. Zwei Jahre später verkaufte sie ihren Hausrat und wanderte aus. Von da an wurde Huemer nicht mehr gesehen. Nach Jahren traf ich ihn wieder.

Er sagte mir, er sei vor kurzem übersiedelt, wieder heimgekommen, er wohne jetzt in Weifening auf dem Lande, bei ihm befreundeten Leuten, die dort eine Sommervilla besäßen. Es waren Leute, die ich nicht kannte. Von seiner Frau erzählte er, auch sie sei übersiedelt und wieder in ihre Heimat gegangen, sie habe nahe bei Genf ein Haus geerbt und in ihm ein Hotel eröffnet. Aber er gehe nicht hin, er wolle hier im Lande seine Position halten. Ich fragte mich, worin seine Position bestehe, wenn er wie ein Sommergast in Weifening wohnte. Er erzählte, er halte Verbindung, er fahre auch regelmäßig in die Stadt. Zwar sei seine Mutter nun auch gestorben, aber ihr Bruder, der Domherr, sei ein Mann, mit dem er sich verstehe, zu ihm fahre er jeden Freitag, übernachte bei ihm und treffe dann in der Stadt die Leute, die ihm Aufträge gäben. Ich fragte ihn, wo sein geistlicher Verwandter wohne, er sagte: in der Klosterstraße; da erfuhr ich von der Nachbarschaft der beiden Häuser. Huemer sagte, er stehe oft in der Wohnung und sehe hinüber auf den Turnplatz, und auf die Fenster der Klassenzimmer, er kenne sie noch alle. Mich berührte es sonderbar, ihn, dem die Schule nichts ausgemacht hatte, der auch sonst von aller bürgerlichen Zumutung weggestrebt hatte, bei solchen Blicken zu finden. Da begriff ich, daß er kein richtiges, eigenes Zuhause mehr hatte; der Blick auf das Schulhaus, die Wohnung des Verwandten, von der aus er es sah, und wo ihm noch ein Hauch von Familie begegnete, waren der Ersatz. Drei Jahre später kam dann diese Geschichte: daß er, statt nach Weifening gleich in die Stadt fuhr. Er kam von einer Reise, er wollte auch heimkommen.

2

Ich stelle es mir so vor, es war ein Sonntag, der Bahnhof um die frühe Nachmittagsstunde halb leer, der große Platz davor verödet, auch in dem Park, den wochentags Menschen bevölkerten, kaum jemand als die alten Leute, die nicht mehr weit gehen konnten. Die Straßenbahnen fuhren nach ihrem Feiertagsplan in Abständen von zwanzig Minuten, Huemer ging zu Fuß.

Er hielt sich im Schatten der Häuser, die Hitze lag auf dem Pflaster, auch auf den Straßen zeigten sich kaum Menschen. Vor den Läden hingen entweder die Rollbalken; oder das gelbe Sonnenschutzpapier machte die Schaufenster zu Behältern aus Glas, die aussahen, als wäre in ihnen lange schon abgestandenes, trüb gewordenes Wasser. Nur an den Konditoreien waren Fähnchen ausgesteckt, in ihrem Umkreis bewegten sich träge ein paar junge Mädchen, Eis dampfte unter Deckeln, das Abgestandene gab es auch hier: staubige Kuchen, die niemand kaufte. Die Fähnchen hingen schlaff, die Mädchen hielten sich die Eisstangen in den Mund. Alles machte nur kleine Bewegungen, auch Huemer ging langsam, trug seinen Schatten voran, ließ ihn von den Häuserschatten verschlukken, trat wieder aus ihnen heraus. Er überquerte die Geleise der Straßenbahn, dann bog er von ihr ab. Nun hatte er noch die gerade Strecke vor sich, die Straße bis ans Ende. Zuerst kam die Mauer der Domkirche, hinter der Querstraße kamen die Häuser. An der Fleischhauerei Leitgeb stand frischgeputzt, blau, mit besterntem Mantel, in einer Wange der kreidigen Wand, die Marienstatue; vor der Schlosserei Golub ragte der armlange Schlüssel aus Blech in die Straße. Der Maler Colli hatte als Schild eine Palette in den Farben des Regenbogens, und oben, am Ende der Klosterstraße, stand der Wirt vom ›Weißen Adler‹, er spähte die Straße herunter. Dazwischen warf das Diözesan-Wohnhaus von hoher Kante seinen Schatten herein. Der Flur war kühl, der Lift stieg mit leisem Summen. Huemer klingelte an der Wohnungstür. Als innen sich nichts rührte, drückte er ein zweites Mal auf den Knopf, er horchte dem leisen Schnarren nach. Es blieb still. Niemand zuhause. Huemer hatte einen Schlüssel, er sperrte auf. Er fand einen Zettel, sichtbar hingelegt für ihn, daß er ihn gleich auch sehe, und durch einen dicken Pfeil mit Rotstift noch extra bezeichnet. Das war die Fürsorge des geistlichen Herrn, der nichts unternahm, ohne an den andern zu denken; er schrieb, er habe mit seinem Domkapitel für ein paar Tage verreisen müssen, komme Mitte der Woche wieder; Brot, und auch sonst etwas für ein Nachtmahl, sei in der Speisekammer. Humer sah auf die ordentlichen Schriftzüge, nun war er daheim. Aber er hatte sich vorgestellt, daß er ankommen, sich hinsetzen und erzählen werde. Das konnte er nicht tun. Die Uhr schwang langsam tickend ihr Pendel in dem Gehäuse, die Fenster waren geschlossen, eine Fliege summte an einer Scheibe. Huemer hörte Stimmen aus dem unteren Stockwerk, fremd wie Stallgeräusche drangen sie durch die Mauern. Er kannte ein paar Mitwohner im Hause – es waren teils Geistliche, teils Laien aus der Kirchenverwaltung – vom Sehen, aber näher war er mit ihnen nicht bekannt, aufsuchen konnte er niemand. Die Namen seiner Freunde in der Stadt gingen ihm durch den Kopf; aber wen würde er antreffen an dem schönen Sonntagnachmittag?

An diesem Punkt der Erzählung erschienen wir, Huemers Zuhörer, als Figuren darin. Er habe bei

Frau Perutka angerufen, sagte er, es habe sich niemand gemeldet. Später stellte sich heraus, daß Frau Perutka an dem heißen Sonntag mit ihrem Mann zum Baden gefahren war – nach Weifening an den See. – Ausgerechnet nach Weifening! – Ich habe sogar nach Ihnen gefragt, sagte Frau Perutka, ich wollte Sie aufsuchen, aber niemand wußte genau, wo Sie wohnen!

Auch bei Dr. Etzel hatte Huemer es versucht. Dort hatte sich die Haushälterin gemeldet und ihm mitgeteilt, der Doktor sei wie jeden Sonntag zum Essen bei dem Herrn Bezirkshauptmann Reitsammer. Die Auskunft stimmte nicht. Das Mädchen bei den Reitsammerischen erklärte, die Herrschaften seien am Vormittag mit dem Dienstauto weggefahren, und Herrn Etzel sei abgesagt worden. Diese Erwähnung schuf Verlegenheit. Sie deckte einen schwachen Punkt bei Reitsammer auf. Er war ein fähiger Beamter, aber er nahm es in manchen Dingen nicht genau, und Dienstfahrten am Sonntag waren nicht statthaft. Umsonst hatte ihn Frau Perutka ein paar Mal gewarnt, als man ihr in ihrem Amt, bei der Verwaltung der ärarischen Gebäude zu verstehen gegeben hatte, daß Reitsammer Feinde habe. Schlimmer noch war die Erwähnung für Etzel. Er mahlte mit den Kiefern, versteckte die Augen hinter den blitzenden Brillengläsern und murmelte etwas von Divagation.

Niemand machte ihm einen Vorwurf, aber alle wußten, daß diese Wege, die er ohne Aufsicht seiner Freunde unternahm, Abwege waren. Eine Zeitlang hatte er sich gehalten; fing es schon wieder mit ihm an? Frau Perutka, die ihm als Notexistenz Sprachstunden verschafft hatte, blickte besorgt in das unruhige Gesicht.

Hier muß ich etwas über Etzel sagen. Er kommt nicht, wie Seidler, in Huemers Geschichte als Figur vor, hat aber in der Erzählung eine besondere Rolle, weil er an ein paar wichtigen Stellen durch Fragen, die er an Huemer richtete, zu ihr etwas beitrug. Manches wäre ohne Etzels Fragen gar nicht zur Sprache gekommen. Es war seine Art, den Dingen stets auf den Grund zu gehen, er zog Schlüsse aus ihnen, deckte Entwicklungen auf und sagte zuweilen sogar voraus, was für Folgen sie hätten. Käme es hier darauf an, eine Beschreibung bloß unserer Gesellschaft zu geben, so wäre zweifellos Etzel die Person, die am interessantesten wäre. Er war es auch in seiner Erscheinung. Frau Perutka sagte gelegentlich von ihm, er sei einer der wenigen, vier oder fünf, eleganten Männer in unserer Stadt. Abgesehen davon, daß es Frau Perutka wissen mußte, stimmte es tatsächlich. Es zeigte sich am deutlichsten daran, daß Etzel elegant auch noch wirkte, als er sich nichts mehr Neues anschaffen konnte; er sah auch in seinen alten Anzügen aus wie ein nobler Herr. Woher in seinem Leben die Störung kam, die ihn heruntergebracht, doch in seinem Äußeren nicht herunterzubringen vermocht hatte, und derentwegen Frau Perutka sich um ihn Sorgen machte, will ich später erzählen – nämlich dann, wenn er in dieser Geschichte zu fragen und zu sprechen beginnt.

Einstweilen sprach das Ehepaar Fattinger. Und bei uns, Herr Huemer, haben Sie sich nicht gemeldet? – Sie sprachen aus einem Mund, wie sie sich auch dadurch auszeichneten, daß sie keins ohne das andere zu unsern Zusammenkünften erschienen. Direktor Fattinger war ein wenig gekränkt. Aber Huemer hatte nicht gewußt, daß Fattingers Telephon hätten. Auch wir hatten es nicht gewußt. Mit Fattinger ging es, seit er das Büro der Kühlhausgenossenschaft leitete, aufwärts.

Das etwa waren die Leute, bei denen sich Huemer hätte melden können: Frau Perutka, Dr. Etzel, die Familie Reitsammer, das Ehepaar Fattinger. Ein paar andere, die nur hie und da in unsere Gesellschaft kamen, waren schwieriger zu erreichen, auch zu mir hätte Huemer den Autobus in die neue Siedlung jenseits der Bahn nehmen müssen, und Telephon hatte ich keins; ich verstand, daß er aufs Ungewisse nicht hatte setzen wollen. Da kam heraus, daß er es bei jemandem, den er sonst kaum noch aufsuchte, dennoch getan hatte.

Zu Professor Seidler zu gelangen, das Stück stromaufwärts, noch dazu auf der andern Seite des Flusses, war gewiß am wenigsten einfach, man mußte mit der alten Uferbahn fahren; aber dieser Besuch erschien ihm auf einmal gelegen. Die Gründe, wie er sie uns darstellte, überzeugten uns nicht. Er war im Frühjahr einmal dem Ehepaar Seidler auf der Straße begegnet, sie hatten ihm gesagt, daß ihr Haus wegen der Nässe schlecht zu bewohnen sei, aber dann im Sommer würde es schön in ihm sein. Daran wollte sich Huemer nun erinnert und dann sich entschlossen haben zu dem Besuch. Aus den Umständen ging hervor: er tat es nicht wegen Seidler oder seiner Frau, auch nicht seiner selbst wegen, denn er konnte den beiden, die er seit langem nur wenig sah, ja doch nicht richtig erzählen. Er tat es wegen der Leere der Zeit, sie auszufüllen. Er sagte es auch, es sei ihm merkwürdig gewesen, eine solche Wendung zu machen und sich die entgegengesetzte Wendung dabei schon vorzustellen, den Weg zurück; wenn es Abend war, würde er heimgehen.

Als Huemer dies dachte, war er schon unterwegs. Er ging am Schulhaus vorbei gegen den Berghang, er bog nach rechts. Die Straße, die hier den Berg entlang führte, hieß Sandgasse. Er sah hinter der Häuserzeile den alten Sandsteinbruch, von dem sie den Namen hatte: als große Muschel mit Windflaum von Gras und Sträuchern hing er in der Böschung. Auch in der Sandgasse war es leer, nur in ihrer Mitte, vor dem Gasthaus ›Zum weißen Adler‹ stand der Wirt vor der Tür. Er trug ein Samtkäppchen mit Stickerei, die weiß war wie der Adler auf seinem Wirtshausschild. Da erinnerte sich Huemer, daß er den Wirt zuvor schon gesehen hatte, kurz ehe er ins Haus getreten war, vorn an der Ecke. Es machte ihn verlegen. Der Wirt kannte ihn und sah ihn nun gehen, genau wie er gekommen war, als hätte er nicht einmal in die Wohnung gekonnt. Es war ihm unangenehm, daß ein Fremder diesen Eindruck haben mußte. Er drückte umständlich auf das Schloß an der Tasche, wie jemand, der soeben neu etwas hinzugepackt hat, dabei hatte er die Tasche in der Wohnung nicht einmal geöffnet. Sie enthielt nichts als das Waschzeug und ein paar Hemden von der Reise; und außen, von dem Riemen festgehalten, der mit beiden Enden an das Leder genäht war, hing als kleines Paket der Mantel. Er sah mit geraden Kanten aus wie ein Stück Stoff, weil er noch so lag, wie er in der Schneiderei zusammengefaltet worden war; es war ein neuer Mantel. Huemer hatte ihn vor acht Tagen erst, am Tag seiner Abreise, in der Stadt gekauft. Während der Reise war immer schönes Wetter gewesen. So brachte er ihn wieder zurück, unbenutzt, wie neu.

3

Jedesmal, wenn Huemer seine Geschichte erzählte, hob er diesen Umstand hervor, und es war zu erkennen, er hatte darüber Genugtuung empfunden: der Mantel gefiel ihm, er bildete sich ein, in ihm ein besonderes Stück zu besitzen, umsomehr war es ihm recht, daß er ihn geschont hatte. Aber es war auch zu erkennen, daß er diese Kleinlichkeit und Ängstlichkeit im Gebrauch der Dinge, die er besaß, an sich selber nicht mochte. Einmal sprach er es aus, er sagte: Ich kam davon nicht los. Ich war nicht imstande, eine Sache arglos zu nehmen!

Es klang wie Einbildung und Übertreibung, wir wollten ihm nicht erlauben, daß er sich so herabsetzte. Aber er verstieg sich ein paar Mal zu ähnlichen Selbstvorwürfen, und es war zu sehen, diese Erinnerungen arbeiteten in ihm fort, auch wenn er nicht davon sprach.

Einmal nahm ich ihn beiseite. Ich wollte auf den Anfang seiner Schwierigkeit kommen. Es gelang mir, ihn zum Sprechen zu bringen. Er beschrieb mir den Zustand als eine Art Gefangenschaft – es waren gepreßte Worte, alles ineinandergedrängt, als habe er sich für den Gegenstand eine nur ihm verständliche und nicht zur Mitteilung bestimmte Sprache erfunden. Ich konnte ihm nicht antworten, ich verstand auch nicht alles. Ich machte mir eine Notiz. Es sind hier, soweit ich sie behalten habe, seine Worte:

Mein Zustand, heute weiß ich wenigstens, was es ist, und es fehlt mir etwas. Damals wußte ich es nicht, mir fehlte nichts.

Dasselbe sagte Huemer ähnlich nochmals; auf meinem Zettel steht: – immer wissen, es fehlt immer, – zu mehr kann einer aus eigenem nicht kommen. – Dann weiter:

Ich ging mit mir um wie mit den Dingen, die ich sparte, aber ich machte mich damit selber nur ärmer. Ich hatte ein paar erträgliche Eigenschaften, aber ich gebrauchte sie nicht. Es war eine Art Undankbarkeit: ich war lieblos zuerst gegen mich, dann gegen die andern, denen das den Mut an mir nahm. Zuweilen stellte ich mich vor den Spiegel, ich sah ein starres Gesicht und wunderte mich, daß ich lebte. Das einzige, was mich zu Leben brachte, war, daß ich mich hinsetzte und meine Zeichnungen machte. Wenn ich etwas fertig brachte, ging es eine Weile gut, und ich verstand dann auch, daß man sich einen Mantel wünschte und einen Menschen, mit dem man reden konnte. Aber kamen die Zweifel, verstand ich das alles wieder nicht, und der Mantel, den ich gekauft hatte, beunruhigte mich als etwas, das Ansprüche an mich stellte, daß ich ihn benutzen sollte und mit ihm zusammen etwas vorstellen, das ich nicht mehr war: der

Mantel und der Mann, ein Wesen, das von sich sagt: ich bin da, man kann mit mir rechnen, man kann mich ansprechen, auf mich ist Verlaß – ich konnte den Anspruch nicht erfüllen und hatte vor nichts mehr Furcht als vor Spuren, die ich auf den Dingen hinterließ, sie zeugten gegen mich. Heute ist mir das alles klar. Damals sah ich den Mangel nicht so deutlich. Ich wunderte mich, warum es, wo ich doch geheiratet hatte, keine Familie geworden war; warum es, wenn ich liebte, keine Liebe war; warum ich unfähig war, eine Wohnung zu haben. Leute, die zu mir nach Weifening kommen, sagen: Es ist so hübsch bei Ihnen! – Ich weiß davon nichts. Wenn die Leute sagen: Es ist so hübsch bei Ihnen, fühle ich mich unbehaglich. Aber manchmal täuschte ich mich auch über mein Vermögen, und dann packte mich die Gier, an einem Ort daheim zu sein, oder einen Menschen zu haben, oder einen Mantel zu haben.

Er hatte ihn eines Tages entdeckt, lange ehe er ihn dann kaufte; nach seiner Erzählung war es Anfang Juni und noch nicht die heiße Zeit, die später kam. Der Mantel hing im Schaufenster bei Wieland, dort sah ihn Huemer an einem Samstag, als er in der Stadt war. Herrn Philipp Wielands Geschäft und Werkstatt lag auf dem Spittelanger, der ersten breiten Straße außerhalb der Altstadt. Es hatte einen unscheinbaren Platz zwischen andern Läden in der langen Front eines nach Art eines florentinischen Palazzos errichteten Gebäudes.

Philipp Wieland galt seit langem als der beste Schneider in der Stadt, das wußte Huemer damals noch nicht. In der Schulzeit und den paar Jahren danach hatte er sich um solche Unterschiede nicht gekümmert. Später, in dem Alter, in dem man auf sie achtet, war er weggewesen. Nun stand er vor dem Geschäft zum ersten Mal, er sah die Tür in der Mitte, zwei Scheiben aus schwarzem Glas mit goldener Schrift links und rechts und an beiden Seiten außen zwei schmale Schaufenster, in deren jedem nur ein einziges Stück ausgestellt war. In dem einen Schaufenster war es der neue Mantel. Er hing vor schwarzem Samtgrund auf einer altmodischen Kleiderpuppe, ein Regenmantel in englischem Schnitt, auf einem Schildchen war der Preis angeschrieben, er überstieg weit Huemers Verhältnisse, soviel durfte er für einen Mantel nicht ausgeben. Trotzdem blieb er schon das erste Mal lange vor dem Schaufenster stehen. Seit einiger Zeit schon dachte er daran, daß er sich einmal einen neuen Mantel werde anschaffen müssen. Seinen alten hatte er nun wahrhaftig aufgetragen, der Stoff war längst undicht geworden, der Kragen gewendet, auch das Gewendete war schon abgestoßen, die Ärmel waren ausgefranst. Aber Huemer hatte vor, mit dem Kauf bis zum Herbst zu warten, bis zur richtigen Regenzeit, das war nicht nur praktische Sparsamkeit, es entsprach seiner Art: er mußte sich mit dem Vorsatz, sich etwas Neues anzuschaffen, immer erst befreunden, er bedachte solche Dinge stets lange voraus. Sie traten als Bilder vor ihn hin, langsam eignete er sie sich an. Oft schmiegten sie sich in seine Vorstellungen ein, als besäße er sie schon, dann mußte er sich anstrengen, sie sich auch in der Wirklichkeit anzueignen. Huemer hat mir ein Beispiel für diese ihm selber nicht geheure Schwierigkeit erzählt. Er war einmal auf einer seiner Reisen durch die norddeutsche Provinz gekommen und hatte in der Landeshauptstadt, die an seiner Strecke lag, die Fahrt unterbrochen, um einen Mann aufzusuchen, der in der Stadt Regierungsbeamter war. Huemer hatte ihn während eines früheren Aufenthaltes dort kennengelernt, damals hatten sie sich lebhaft voneinander verabschiedet wie Leute, die von nun an feste Verbindung pflegen werden. Briefe waren gewechselt worden, und als Huemer nun seine Reise machte, stand es für ihn fest, daß er in der Stadt aussteigen werde. Er tat es auch, es war Vormittag, als er ankam; er wußte, daß er den Bekannten zu der Zeit am besten in seinem Amt bei der Regierung antreffen werde. Er ging auch dahin, machte das Zimmer ausfindig, trat ein, traf aber nur die Sekretärin, die ihm sagte, Herr N. sei im Augenblick in einem andern Zimmer bei einer Besprechung, die wohl noch eine Viertelstunde dauern werde. Huemer zog sich zurück. Er war mit der Vorstellung des Wiedersehens, mit vielen, noch ungesprochenen Worten gekommen; sie kreisten auch weiter in ihm, als er dann auf dem Flur stand. Er ging vor bis ans Stiegenhaus, sah von einer Säulenhalle in den Garten. Es war Herbst. Das farbige Laub, der Geruch der welkenden Sträucher, die Stille, die ihn nach der Fahrt und dem Weg durch die Stadt hier auf einmal umfing, erhöhten in ihm das Bedürfnis, sich mitzuteilen, so daß er sich seine Worte, die Überraschung des andern, ihre Verständigung, seine Erzählung immer lebhafter vorstellte. Er machte den Vorgang wie Wirklichkeit schon durch in immer neuen Einfällen und Wendungen. Als er mit ihm fertig war, hörte er Schritte; dann sah er, von seinem Platz aus, wo er halbverdeckt durch eine Säule stand, seinen Bekannten die Stiege heraufkommen, sah ihn zwei Stufen auf einmal nehmen, sah die Gestalt, den braungestreiften Anzug, das ihm vertraute Gesicht – und ließ ihn vorübergehen. Er trat nicht vor von seinem Platz hinter der Säule, er sah ihm noch nach, wie er in sein Zimmer ging, hörte den Wortwechsel: wie die Sekretärin von einem Besucher sprach, der habe warten wollen; die Frage, ob er seinen Namen hinterlassen habe;

das Nein; dann Stille; und Hucmer ging die Treppe hinunter mit dem Gefühl, er habe den Besuch doch gemacht; er ging auf den Bahnhof und fuhr mit dem nächsten Zug weiter. Und haben Sie Ihren Bekannten je wieder getroffen? fragte ich ihn. – Nein, sagte er, nach diesem einen Mal nicht mehr!

Den Kauf des Mantels aber nahm er sich nicht vorweg. Bei einem zweiten Stadtbesuch ging er mit Vorsatz an dem Geschäft des Herrn Wieland wieder vorüber und blieb vor der Auslage stehen; und bei einem dritten Mal trat er ein. Er sagte nicht, daß er den Mantel kaufen wolle, er fragte nur allgemein, er interessiere sich dafür, wolle sich erkundigen. Der Mantel in der Auslage sei auch nicht zu kaufen, hörte er, er sei nur ein Modellstück, er könne sich einen anfertigen lassen! Diese Auskunft erhielt er von einem jungen, auf den ersten Blick unansehnlichen Mädchen. Sein Gesicht war blaß, es trug eine gestrickte Hausweste in einem Lila, das ausgewaschen wirkte, und sah ihn nicht an, während es sprach. Aber schon trat hinter dem Vorhang fertiger und halbfertiger Anzüge, die ähnlich den Soffitten auf einer Bühne, einen Teil des Raumes abtrennten, ein älterer Mann vor, der, anders als das Mädchen, höchst ansehnlich war mit getupfter Krawatte, blendend weißem Stecktuch und scharf gebügelten Hosen. Er sagte, ja, zwei Stück von dem Mantel seien schon in Arbeit, ein drittes sei eben vorhin bestellt worden, aber er glaube, für ein viertes sei noch Stoff da. Das Mädchen sagte, es glaube das nicht. Huemer erkannte, daß er Herrn Wieland und seine Tochter vor sich habe. Herr Wieland sagte, er wolle in der Werkstatt nachsehen, er ging durch eine Tür mit Milchglasscheiben. Während er sie öffnete, sah Huemer einen Augenblick lang in den großen Raum, in dem Licht brannte, Tische standen, Lehrlinge und Gesellen sich in Hemdärmeln bewegten zwischen Kleiderpuppen und anderen Auspolsterungen in Gestalt menschlicher Glieder. Herr Wieland blieb ziemlich lange aus. Huemer sah auf die Tochter, sie schrieb an einem Tischchen eine Rechnung, schob dann den Zettel zur Seite und dachte vor sich hin. Ihm kam es vor, als wäre er vergessen worden. Er fragte sich, ob es durch eine Anstrengung des Gedankens möglich sei, das Mädchen zu zwingen, ihm Aufmerksamkeit zu schenken. Als er es dabei ansah, kam es ihm auf einmal nicht mehr unansehnlich vor. Die blasse Haut leuchtete von innen. Er dachte: sie ist nicht hübsch, aber manches an ihr könnte hübsch sein, man muß es nur ansehen – ein Zug von Leiden, zugleich Spott in dem Gesicht. Nun kam ihm auch das ausgewaschene Lila der Jacke besonders vor, es gab mehr von dem Körper her als eine volle, sich vordrängende Farbe. Als

Huemer das empfand, sah er, daß die Lippen des Mädchens, die ihm blutleer vorgekommen waren, geschminkt waren, aber in heller Farbe. Da begriff er, daß das Mädchen mit dem allem auf eine bestimmte Wirkung zielte: es war nicht hübsch, aber zwischen den vielen Anzügen und neuen Stoffen, die den Eindruck völligen Bekleidetseins hervorriefen, stand es in seiner unscheinbaren Hülle wie unbekleidet da; mit schönen Stoffen hätte es nur wie eine Kleiderpuppe ausgesehen, wäre gar nicht zu sehen gewesen. Mit dieser Überlegung war Huemer am Ziel: die Tochter wandte sich ihm zu, und er empfing einen Blick, als wäre er ihr längst bekannt. Das kann nicht stimmen, ich muß einmal nachmessen, sagte sie zu sich selbst. Auch das klang, wie man in Gegenwart einer vertrauten Person spricht. Sie stand auf, und nun sah Huemer: sie hinkte. Er sah den Zug des Leidens in dem Gesicht; er verstand: Spottlust und Klugheit glichen das Leiden nur aus; und der Körper, der sich den Blicken scheinbar preisgab, wollte sich nur behaupten. Da kam Herr Wieland zurück. Für einen Mantel sei noch Stoff übrig, verkündete er. Lassen Sie sich ihn machen! sagte die Tochter.

Huemer erzählte, er erinnere sich an den Tonfall der Stimme, er habe die Worte wie Versuchung empfunden. Aber er behielt seine Fassung. So schnell ließ er sich sein gewohntes Hinzögern nicht nehmen. Und Herr Wieland fand an seiner Zurückhaltung eher Gefallen. Er sagte ihm, er wolle ihm nicht zureden, aber die guten Stoffe seien rar, und diesen hier werde es nicht so bald wieder geben. Huemer sagte, er müsse es sich noch überlegen. Er versprach wiederzukommen und dachte im Ernst doch nicht daran. Nur zu seinem Verwandten, dem Domherrn, den er aufsuchte, ehe er zur Bahn ging, sprach er davon. Von ihm erfuhr er, daß Wieland als der beste Schneider in der Stadt gelte, aber er bemühe sich nicht um Kundschaft, sei nicht überlaufen und könne eben deshalb seinen Ruf wahren. Das war ein neuer Zug, der sich in Huemer zu dem Bild festsetzte. Trotzdem blieb er dabei, daß er sich einen Mantel erst im Herbst anschaffen wolle (und gewiß dann nicht einen so teuren, und er hätte sich nicht plötzlich anders entschlossen, wenn er sich nicht auch ebenso plötzlich zu dieser Reise entschlossen hätte, alles an einem Nachmittag: er fuhr in die Stadt, nahm die Elektrische bis ans Verkehrsbüro, löste sich dort die Fahrkarte für den Zug, mit dem er am gleichen Abend noch fahren wollte, ging dann zu Herrn Wieland, und am Abend, als er fuhr, hatte er den Mantel.

4

Es war eine Verwirklichung aus der Vorstellung, daß er ihn haben könne, er hatte es nicht eigentlich gewollt. Zunächst war er in die Stadt nur gefahren, weil er dort, im Verkehrsbüro, die ermäßigte Fahrkarte für die Reise ins Ausland kaufen konnte; er ersparte dabei ein Drittel des Fahrpreises; der Vorteil wog bei weitem den Fahrpreis für den kleinen Umweg auf, den er machte, weil er auf dem Stück der Hauptstrecke dem Zug ja entgegenfuhr, mit dem er dann reisen sollte. Aber auch dabei war ein Vorteil: er konnte den Zug in der Stadt günstiger erreichen als auf dem Lande. Dort hätte er die Nacht auf der öden Umsteigestation warten müssen. In der Stadt konnte er bei seinem Onkel bleiben, und es genügte, wenn er dann gegen halb zwei Uhr nachts an den Bahnhof ging. So legte er sichs zurecht, aber als er davon erzählte, war, ähnlich wie bei der Erzählung von seiner Rückkehr, zu erkennen, daß auch jetzt schon, zu Anfang seiner Reise, die Gründe, die er sich vormachte, nicht seine wahren Gründe waren. Er rechnete sich Vorteile aus, weil er sich nicht eingestehen wollte, daß er den Umweg in die Stadt nur machte, damit er nun gleich am Nachmittag aufbrechen konnte und nicht erst lange Zeit hatte, sich nochmals zu überlegen, ob er auch wirklich fahren wolle. Er hatte sich entschlossen zu dieser Reise, ja, man konnte sagen, er hatte sich selber überrumpelt mit seinem Entschluß. Aber kaum daß er ihn gefaßt hatte, fühlte er, der so gerne zögerte, sich wieder unsicher werden; da wollte er lieber sofort los.

Huemer gehörte nicht zu den Menschen, die sich, wenn sie etwas unternehmen, ohneweiters vormachen, es geschehe wegen eines andern, nicht wegen ihrer selbst. Diese Selbsttäuschung ist eine Folge der Anpassung an die pragmatische Moral; einfachen Naturen gelingt sie ohne Schwierigkeit, weniger einfache haben mindestens Zweifel über ihre Motive. So Huemer, der beispielsweise nicht einfach genug war, die Historie zu begreifen. Ich erinnere mich an einen Vorfall aus unserer Schulzeit, als er, in der obersten Klasse, während einer Prüfung hervorgerufen, so sonderbare Ansichten äußerte, wie: er könne ja die Tatsachen aufzählen, es sei dann noch die Frage, ob sie auch stimmten; aber wenn die Historie mehr sein wolle als Aufzählung, erkläre sie ihm nichts; daß Handlungen Motive haben sollten, verstehe er nicht; Handlungen seien immer unkenntlich, Motive seien etwas Gedachtes, Handlungen eher etwas Erträumtes; der Zusammenhang zwischen dem, was Alkibiades getan und dem, was er gedacht habe, existiere nicht so, wie die Geschichte es behaupte, ja eigentlich gebe es gar keine Geschichte. Wir klatschten Huemer damals Beifall, er spielte in diesem letzten Schuljahr, wegen seiner Teilnahme an dem Aktkurs, in unserer Klasse die Rolle eines Trägers aufrührerischer Gesinnungen gegen das, was uns die Schule anbot. Die Lehrer ließen ihm seine Ansichten durchgehen als wirre Zeugnisse einer unausgereiften Begabung; das Wesen der geschichtlichen Entwicklung werde sich ihm schon noch erklären, meinten sie. Als Huemer uns, nach so vielen Jahren, seine Geschichte erzählte, merkte ich, daß sich ihm nichts erklärt hatte, er verstand nicht einmal diese Geschichte, die seine eigene war, er konnte zur Not erzählen, was ihm passiert war, aber in einer Art, die er selbst so genannt hatte: wie geträumt; warum er dies oder jenes getan hatte, wußte er offenbar nicht. Fragte sich auch nicht, wenigstens nicht bis zu einem gewissen Zeitpunkt, der kam erst später. Über die Gründe, die ihn dazu gebracht hatten, sich so plötzlich zu einer Reise zu entschließen, ging er kurz hinweg, er erzählte nur die Tatsachen, er war auch da recht kurz. Die Tatsachen waren: er fuhr zu seiner Frau und zugleich zu jemand andern; – oder es ließ sich umdrehen: er fuhr zu dieser andern Person und nahm die Gelegenheit wahr, um auch seine Frau zu besuchen; – eben dieser Unterschied, was als erster Beweggrund zu gelten habe und was als zweiter, ging aus Huemers Erzählung nicht hervor. Übrigens machte er aus dem Namen der andern Person kein Geheimnis. Ich habe Ihnen doch erzählt von Frau Sabotin, die auf einmal aus China zurückkam, sagte er. – Aber Frau Sabotin ist doch gestorben, sagte einer der Zuhörer. – Ein Jahr nach ihrer Rückkehr, sagte Huemer. Es hörte sich an, als spreche er von einem längst vergangenen Ereignis; in Wirklichkeit war es, als er dieses erste Mal seine Geschichte erzählte, noch nicht lange her, daß die Nachricht von Frau Sabotins Tod bei uns in der Stadt erwähnt worden war. Ich erinnere mich nicht mehr genau, ob es zwei oder drei Monate waren; an Huemers erstem Erzählabend war in der Kantine nicht mehr geheizt, das Fenster in unserm Erker stand offen, aber Frau Perutka hatte sich von dem Schwiegersohn Glaser die Heizsonne bringen lassen, es war Frühjahr; und irgendwann im Winter hatte es geheißen, Frau Sabotin sei im Kantonhospital von Lugano an Meningitis gestorben. Man hat in einer Gesellschaft wie der unsern, wo man in einer Kette von Verabredung, gegenseitiger Teilnahme, gesund, krank, gehindert oder von Erwartung gespannt, dahinlebt, für Neuigkeiten, die jemanden außerhalb betreffen und sich einem nicht vor Augen zutragen, keine sichere Zeitfestsetzung; das ist nicht Mangel an Teilnahme, nur Unvermögen, alles zugleich immer auf den Punkt zu bringen: der Mann, der vor drei Jahren einen Unfall erlitten hat, ist für uns, wenn wir ihn solange nicht wiedersehen, noch immer der Mann mit dem Unfall. Aber als Huemer damals sein ›Ein Jahr nach ihrer Rückkehr‹ aussprach, waren wir doch alle einen Augenblick irritiert von der Verschiebung der Perspektive, und unbewußt wollten wir die Linien richtigstellen; dann habe er Frau Sabotin ein halbes Jahr vor ihrem Tode gesehen? fragte jemand. Ja, sagte Huemer, aber er habe in dem halben Jahr nach diesem Wiedersehen von ihr nichts mehr gehört, und erst, als die Todesnachricht kam, erfahren, daß es damals ihre letzten freien Tage gewesen seien vor den Anzeichen der Krankheit. Ein andermal, als mir bei seinem Erzählen wieder auffiel, wie er Frau Sabotin so wegrückte, fragte ich ihn, ob sie sich sehr verändert habe während der vielen Jahre in der Fremde; er sagte: Sie meinen gealtert, nein gar nicht! Die Frage war nicht abgetan, und hinterher erhielt ich von ihm eine Erklärung für seine Abweisung der verflossenen Zeit. Er nahm mich beiseite und gestand mir die, wie er sich ausdrückte, erstaunliche und abscheuliche Reaktion, die er an sich selber beobachtet habe, als er die Nachricht vom Tode der Frau Sabotin erhalten habe. Er sei sehr betroffen gewesen, habe sich andrerseits gesagt, für sie sei es vielleicht gut, sie habe sich nicht mehr zurechtgefunden, man könne es verstehen: nach achtzehn Jahren Wegseins in einem andern Leben sei ihr Europa wie eine Fremde erschienen, sie habe keinen Menschen mehr gehabt, habe sich elend einsam gefühlt, sei immerzu gereist, unruhig, anspruchsvoll, böse; aber nicht davon habe er erzählen wollen, sondern von sich selbst: als er, kurz nachdem die Todesnachricht gekommen war, einem Bekannten gesagt habe, Frau Sabotin sei gestorben, habe er, obwohl es ihm doch nahegegangen sei, auf einmal lachen müssen; zum Glück habe es der andere nicht bemerkt, aber ihm selber hänge die Reaktion immer noch nach. Dieses Lachen sei nämlich ein Lachen der Verlegenheit gewesen: zu wissen, daß jemand, der einem vor zwanzig Jahren nahegestanden habe, tot sei; sich vorzustellen, daß er ausgelöscht sei, nicht mehr vorhanden, nichts wisse, oder umgekehrt nun alles wisse; sich ihn so vorzustellen, an einem andern Ufer, alles wissend, alles durchschauend, herüberdrohend, aber jetzt ohnmächtig drohend, weil nichts herüberreiche – man fühle sich ertappt, aber gesichert, trotzdem spüre man eine Art Verlegenheit, und daher das Lachen.

Was haben Sie ihr denn angetan? fragte ich Huemer. Wir redeten einander trotz unserer gemeinsamen Schulzeit mit ›Sie‹ an. Es kam von seinem langen Fern- und Fremdsein, und bei Gesprächen wie diesem wurde mir der Abstand, in den er sich von uns Einheimischen gesetzt hatte, besonders bewußt.

Nichts, antwortete er, nur was man immer tut. Es ist auch zwanzig Jahre her, ich könnte sagen, es mußte damals doch einfach Schluß sein. Wie man es so macht, ich hielt es zuletzt nicht mehr aus. Aber verstehen Sie, hätte ich damals auf sie Rücksicht genommen und ein Vierteljahr gewartet – ich wußte doch, sie hatte die Schiffskarte schon, und sie ging ja ohnehin für immer fort, und ich hätte nur ein bißchen Freundlichkeit aufbringen müssen ein Vierteljahr lang, und es wäre ihr dann die zwanzig Jahre drüben besser ergangen – aber nein, ich mußte es ihr versetzen, und gutmachen konnte ich es nicht mehr. Und am Ende hat sie mich ja noch einmal geholt!

Daß Huemer als sehr junger Mensch mit Frau Sabotin, als sie noch in unserer Stadt lebte, kurze Zeit befreundet gewesen war, wußten wir alle; daß es nach zwanzig Jahren ein Wiedersehen gegeben hatte, war uns neu. Elsa Sabotin hatte nach ihrer Rückkehr aus China, wo ihr Mann plötzlich gestorben war und wo sie dann nicht mehr hatte bleiben wollen, die Verbindung mit Huemer wieder angeknüpft; sie hatte ihm Briefe geschrieben aus Pensionen in Istanbul, Syrakus, Rom, Florenz; aus diesen Unterkünften ihres ruhelosen Daseins.

Dann, in dem Sommer, ein halbes Jahr vor ihrem Tod, war sie näher gekommen; der Ort lag im schweizerischen Jura, auch dort wohnte sie in einer Pension. Der andere Ort lag nicht weit davon. Aber das gehört schon wieder zu Huemers Erzählung. An diesem andern Ort war seine Frau zur Erholung, sie machte eine Kur, sie sollte sich ausruhen, ehe in ihrem Hotel die Saison wieder begann. Sie mußte die Zeit allein haben, Huemer sah es ein. Er schrieb Briefe an die Adresse in dem Kurort, empfing auch welche; es war schon die dritte und letzte Woche des Aufenthaltes, den seine Frau dort haben sollte. Da kam in dieser Woche ein Brief von Frau Sabotin. Sie wäre nun da, schrieb sie, wohin er, weil es nicht mehr so weit sei wie Italien, kommen könne, wie sie es ausgemacht hätten: zu einem Wiedersehen; und wenn es ihm passe, solle er ihr Nachricht geben, sie bleibe noch mindestens vierzehn Tage. Huemer suchte den Ort auf der Landkarte, er fand in der Nähe den andern Ort, er schickte ein Telegramm an Frau Sabotin und schrieb einen Brief an seine Frau, darin kündigte er ihr seinen Besuch an; er würde, schrieb er, zuvor mit ihr noch telephonieren. Er fand es ausgezeichnet, daß er die beiden Besuche miteinander verbinden, seine Frau nun doch treffen konnte, oder umgekehrt: daß er Frau Sabotin nun auch wirklich aufsuchte. So ernst war es ihm mit dem Vorhaben, sie wiederzusehen, gar nicht gewesen, aber jetzt forderte ihn der Zufall auf, es zu tun, beziehungsweise die Fügung wahrzunehmen und seine Frau nach der Kur abzuholen – der Vorgang war nicht zu erkennen: welches Ziel ihn in Bewegung setzte und welches er bloß hinzunahm.

So ungefähr waren die Tatsachen, die Huemer nur kurz erwähnte, umso ausführlicher ging er auf das Wetter ein; er fragte an dieser Stelle seiner Erzählung die Zuhörer jedesmal, ob sie sich noch an die heiße Zeit damals erinnerten; statt von Überlegungen, die ihn bestimmt hatten, zu sprechen, sprach er von dieser enormen Hitze; einmal fing er seine Erzählung sogar so an: Es war vor ein paar Jahren, als bei uns diese große Hitze und Trockenheit war, Sie erinnern sich bestimmt noch – und wir erinnerten uns dann auch: seit vielen Jahren hatten wir nasse Sommer gehabt, kaum, daß man sie Sommer nennen konnte, Wolkenbrüche, Hochwasser, über Tage hin fortgrollende Gewitter, Herbstlaub schon im August; aber in dem einen Jahr war schon früh, gegen Ende Juni, eine langdauernde heiße Zeit gekommen, wie sie es sonst bei uns nicht gab: nicht Hitze von Gewittern unterbrochen, so daß man an den Sonnentagen danach in dampfender Schwüle erstickte; auch nicht die beständige Hitze, die bei uns am häufigsten ist, die mit der Ostluft kommt und nach Getreide riecht, in der das Meer sich zurückzuziehen und das Land sich auszudehnen scheint, in der oben wie ein offenes Dach der Himmel blitzt, derselbe, der im Winter den Frost bringt, nun die Hitze, die unter flimmernder Luft, in den Wäldern und an den Flußufern, immer noch kühle Plätze übrig läßt, so daß die Reiche ihre Grenzen haben – diesmal waren die Grenzen verschoben, es war eine Hitze gekommen, die nicht der Gegensatz zu einem andern möglichen Zustand war; sie war nicht Trockenheit, Strahlung oder Strömung, war in einem solchen bestimmten Sinn nicht zu spüren, sondern war hereingetreten: blau, federig, leicht; verdämmernd, und nach kurzem Untertauchen der Sonne wieder mit Farben geschmückt, mit stillstehenden Wolkenbildern, die sich kaum veränderten und unversehens sich doch geändert hatten – afrikanisch, als wäre dieser andere Himmel aufgegangen von Horizonten aus Gras, Lehm und gespiegelten Seen in der Wüste. Unsere Gebirge waren auf einmal sonderbar klein, auch die Orte waren in eine andere Nähe gerückt, als hätten sich die Entfernungen geändert. Ich erinnere mich, ich war damals, wie jedes Jahr um die Zeit, für ein paar Urlaubstage am Weifeninger See, nicht vorn in Weifening, wo Huemer wohnte, sondern weiter innen an einer gebirgigen Stelle, die er aber, wie später aus seiner Erzählung hervorging, gut kannte, und wohin nun auch Frau Perutka gefahren war, nachdem ich ihr davon berichtet hatte. Dort gab es auf dem jenseitigen Ufer, zwischen den unwegsamen Felsen, eine vom Land her nicht erreichbare Bucht. In den Jahren zuvor hatten wir uns oft vorgenommen hinüberzurudern, hatten es ein paar Mal auch getan, waren aber nur für kurzen Aufenthalt geblieben. Nun blieben wir den ganzen Tag; der Ort, den wir sonst nur berührt hatten, wurde uns gewohnt. Aber in Wirklichkeit war es nicht der ganze Tag, den wir an ihm zubrachten, es waren genau so Stunden wie früher, nur dehnten sie sich anders. Und auch herüben dann nahm uns die Stunde nicht fest. Der Augenblick, der kam, war eine Erinnerung des andern Augenblicks, der eben hinabging. Der alte ging nicht ganz hinab, etwas von ihm blieb. Was vergangen war, dauerte noch eine Weile; die Zeit war nicht mehr eine Mauer, die es unerbittlich abtrennte, sie verfiel, schrumpfte wie das Gebirge drüben. Die Tage, einander ähnlich, waren nicht mehr zu zählen. Am Abend wurden die Bänke vor den Häusern nicht leer. Die Kinder schliefen nicht ein. Der Boden, sonst von Kühle angestrengt, blieb warme Erde, die Gespräche verstummten nicht, die Wiese war eine Oase unter den Sternen, alterslos, gestern wie heute.

5

Was ich hier notiert habe, ist nur zum Teil meine eigene Empfindung, einiges geht auf Huemer zurück, der es ähnlich vorne in Weifening erlebte; es ist mir so deutlich geworden erst, als er davon erzählte. Die Worte: Dichte, Stillstand der Zeit, höre ich ihn noch sagen. Er gebrauchte noch ein anderes Wort: spellbound. Er hatte aus den Jahren, in denen er fortgewesen war, diese Manie, manchmal Wörter einer anderen Sprache zu Hilfe zu rufen, um sich auszudrücken. Ich tat damals, als verstehe ich das Wort, aber ich hatte es nie gehört, und hinterher schlug ich im Lexikon nach. Da fand ich: spell hieß buchstabieren, spellbound hieß bezaubert; durch Buchstaben gebannt. Das Wort enthielt wegen der Silbe bound weniger von dem auf Verwandlung zielenden, das in dem Worte bezaubert steckt, als von dem Starren, Sichnichtrührenkönnen – man war gebunden; alles, was einem geschah, wozu man sich selber regte, war nur Regung innerhalb dieses Gebundenseins. Nun verstand ich auch das andere: Stillstand der Zeit – was Huemer damit gemeint hatte. Er muß es so empfunden haben: die Zeit, das Element der Freiheit, in dem etwas wirklich geschah, war außer Kraft gesetzt; es geschah wohl etwas, aber außerhalb ihrer, als zählte jemand nicht mit, den wir sonst stets leise hören; als seien die Uhren angehalten.

So kam Huemer in die Stadt und kam dann auch zu seinem Mantel – bei angehaltenen Uhren. Auch dieses Wort stammt von ihm. Er gebrauchte es, um uns seinen Zustand deutlich zu machen; in ihm sei er geblieben, sagte er, aber es sei ihm auch so begegnet: die angehaltenen Uhren habe er an dem Tag über den Häusern gesehen – und nun schilderte er treffend eine Eigentümlichkeit unserer Stadt. Sie ist ja nicht groß, und besonders in der Altstadt stehen die Kirchtürme ziemlich dicht beisammen; von beinahe jedem Punkt, wenn man nur erst an eine Kreuzung vortritt, kann man gleich ein paar sehen. Aber die goldenen Zeiger auf den schwarzen Scheiben der Zifferblätter stehen an jedem Turm anders. Oft sind es Viertelstunden und mehr, um die sie voneinander abweichen, diese groben Unterschiede machen einen weniger irr als die kleinen, bei denen sichs um Minuten handelt, am meisten beunruhigt hat mich immer, wenn auf ein- und demselben Turm an den vier Seiten vier verschiedene Zeigerstellungen zu sehen waren, und schließlich kommt es auch vor, daß ein Uhrwerk überhaupt stehen bleibt, dann rühren sich die Zeiger nicht mehr vom Fleck und bleiben um Stunden zurück. Möglicherweise hat Huemer das damals beobachtet und noch dazu auf die vielen verschiedenen Zeitanzeigen, die ihm von den Türmen entgegenfunkelten, empfindlicher reagiert als wir es tun (wir finden uns damit ab, sagen, das ist schon so bei uns, die Uhren gehen nicht verläßlich), ich kann mir vorstellen, daß er an dem Nachmittag in der Stadt, als der Himmel immer gleich blau war, die Hitze sich nicht minderte, und in den Straßen sich alles nur träg bewegte, schließlich in den Zustand kam, von dem er erzählt hat. Er sollte am Abend wegfahren, es erschien ihm unwahrscheinlich, daß es dazu kommen würde. Erst als er aus dem Verkehrsbüro trat und das rosa Fahrscheinheft in der Hand hielt, gewann er einige Sicherheit: nun hatte er wenigstens dieses Heft, mit ihm konnte er reisen. Gern hätte er es jemandem erzählt – eine Sache, die man ausspricht, bekommt Gewicht, als wäre sie halb schon geschehen. Aber gerade an diesem Nachmittag begegnete ihm niemand, dem er hätte sagen können: Ich verreise heute! – und zu seinem geistlichen Verwandten, den er am Abend in der Wohnung sehen würde, und dem er sonst von seinen Plänen erzählte, würde er zwar sagen können: Ich verreise; aber auch nicht viel mehr. Er würde ihm nicht sagen können, daß er noch zu jemandem andern fuhr als zu seiner Frau, und ihm demnach auch nicht erzählen können, welcher Zufall ihn in Bewegung gesetzt, ja daß überhaupt ein Zufall ihn gerufen hatte zu dieser Reise. Dieses Eigentliche würde er für sich behalten müssen – als ihm das bewußt wurde, kam ihm sein Unternehmen selber plötzlich fragwürdig vor. Er sagte sich umsonst, es sei nichts dabei, wenn er eine alte Bekannte wiedersähe – er fühlte, es war doch etwas dabei, weniger wegen der Spannung, ob vielleicht noch etwas lebte von ihrem alten Verhältnis, als wegen des Umstandes, daß er dann von ihr zu seiner Frau fuhr und ihr diesen Besuch machte, den er ohne das Wiedersehen zuvor nicht gemacht hätte. In diesem Besuch, den er seiner Frau zudachte, war Betrug, und ebenso in dem Besuch bei Frau Sabotin; und wenn er zu ihr sagen würde: Ich bin nur froh, daß ich mich aufgerafft habe und dich jetzt noch sehe! konnte er dasselbe dann zu seiner Frau sagen, er brauchte nur die Personen auszuwechseln; und auch wenn er es ehrlich meinte, würde es eine Manipulation sein, eine gefälschte Rechnung mit Posten, die am Ende anders erschienen, als sie angesetzt waren. Aber dieses Rechnen mit zwei Personen, sie zusammenzunehmen, kam vom Zufall, ohne ihn hätte er daran nicht gedacht, es war Herausforderung gewesen – und er hatte sie angenommen.

Huemer hatte auf einmal ein dumpfes Gefühl, als sei schon eine Menge geschehen, ohne daß er es wußte, er sah sich einem Element ausgeliefert, das er nicht kannte. Er hatte nur dem Zufall nachgegeben, aber was war das für ein Wesen, das als Zufall seinen Faden hereinschickte, von welcher Spule drehte es ihn ab, und was wollte es von ihm? Es kam wie Freundlichkeit, bot sich nur an, aber kaum hatte man sich eingelassen mit ihm, setzte es einen in zweideutige Verhältnisse. Huemer erkannte es daran, daß er von seinem Vorhaben nicht sprechen konnte. Die Stadt, in der er immer noch war, kam ihm fremd vor: nicht mehr der Boden, auf dem er sich bewegte, sondern unsicherer Boden. Irgendwo wollte er sich festhalten und erweisen; er ging durch die Straßen, und als er da auf den breiten Spittelanger einbog, wo Herrn Wielands Geschäft lag, dachte er an den Mantel.

6

Es muß nach dem Hergang, wie Huemer ihn erzählte, so gewesen sein, daß er trotz allen Bedenken nun, da er sich einmal entschlossen hatte zu reisen, in sich den Überschuß an Entschlußkraft spürte, der immer dann abfällt, wenn jemand eine Entscheidung getroffen hat. Dieser Überschuß wird frei als Unternehmungslust oder auch einfach als Lust, den Augenblick auszuzeichnen durch etwas

Besonderes, ihm etwas noch hinzuzufügen – sie erschöpft sich bald; oft genügt ein Gespräch, eine Unterhaltung in einem Laden, die dann immer lebhaft und freundlich ist, um den zuvor Unruhigen zu beruhigen. Ähnlich erging es Huemer, eine ihm sonst fremde Verwegenheit brachte ihn auf den Gedanken, es müsse ihn nun doch eigentlich reuen, daß er sich den Mantel nicht habe machen lassen, jetzt für die Reise hätte er ihn gern gehabt. Das Modellstück hing noch immer im Schaufenster. Huemer wußte, es war unverkäuflich, trotzdem trat er ein. Er rechnete nicht damit, daß er das Stück aus dem Schaufenster bekommen könne, im Gegenteil: hätte er das für möglich gehalten, er wäre eher zurückgeschreckt; nur die Herausforderung des aller Voraussicht nach Unmöglichen traute er sich zu. Guten Tag, sagte er; guten Tag, begrüßte ihn die Tochter, dann erkannte sie ihn: Haben Sie sichs überlegt? – Schade, antwortete Huemer, ich hätte es mir früher überlegen sollen, jetzt könnte ich den Mantel brauchen, weil ich auf eine Reise gehe! Im Augenblick wurde ihm bewußt, daß er nur gekommen war, um dies dem Mädchen zu erzählen. Er sah die lila Jacke, mit der es sich entblößte zwischen den dicken starkfarbigen Stoffen, den Zug des Leidens, den es überspielte mit klugen spöttischen Augen. Aber wollen Sie ihn wirklich haben? fragte das Mädchen. Es blickte prüfend. Ich glaube, er wäre Ihnen zu groß. Huemer hörte wie beim vorigen Mal die Versuchung in den Worten, diesmal wagte er es, sich darauf einzulassen. Ich dachte, er ist nicht zu haben? – Soll ich fragen? Warten Sie jetzt einmal, ich frage! – Sie ging nach hinten in die Werkstatt, Huemer blieb allein. Er hätte noch immer weggehen können, und er stellte sich vor, er würde es tun. Was er dann wirklich tat, war eine Art herabgeminderter Handlung – es gibt diese Handlungen, die man ausführt, als ob man sich ihrer erinnerte – man macht eine Figur nach, die man schon einmal gemacht hat. Weggehen hieß eine solche Figur in Huemer, er brauchte sich nicht einmal an sein Weggehen in dem Amtsgebäude zu erinnern, es lag viel weiter zurück in ihm, es war in seinem Körper, ähnlich wie in ein Stück Pappe eine Linie eingeritzt ist, an der das Stück dann bricht. In einem bestimmten Augenblick würde er immer weggehen und die Sache einfach lassen. Er brauchte es nicht einmal anzustreben, er nahm es sich auch jetzt nicht eigens vor. Aber dann brachte er es, weil er zögerte, nur bis zum Anfang. Er öffnete leise die Tür, trat hinaus und ging langsam ein paar Schritte auf dem Trottoir. Da rief ihn, als er an der schwarzen Tafel mit der goldenen Schrift vorbei war und vor das Schaufenster kam, das Mädchen von der Tür her an, und es konnte eben noch so aussehen, als habe er den Mantel noch einmal im Schaufenster betrachten wollen. Er stellte sich so hin. Da erblickte er Herrn Wielands behaarte Hand, die von innen über das Samtbord griff und den Mantel der Puppe abnahm. Sie können ihn haben! rief das Mädchen von der Tür. Es blieb stehen, bis Huemer die Stufen heraufkam, es blickte zufrieden. Herr Wieland war inzwischen aus der Koje des Schaufensters zurückgetreten, er stand im Geschäft, er hielt den Mantel in der hochgestreckten Hand. Er sagte: Ja, weil er Ihnen doch so gefällt und Sie wiedergekommen sind, wir geben ihn ab! Aber es muß etwas geändert werden! – Er wartete nicht auf Antwort, er setzte seine Brille auf und zog ein Maßband hervor. Bis wann müssen Sie ihn haben? Wann wollen Sie reisen?

Heute Abend!

Wie, heute? Nein, das geht nicht!

Ich kanns verstehen, sagte Huemer, aber anders hats keinen Zweck für mich!

Wenn ich . . ., sagte das Mädchen.

Was, wenn du? fragte Herr Wieland.

Ich könnte es machen. Wir sperren um sechs zu – aber Sie könnten, wandte sie sich an Huemer, draußen klingeln. Ich will sagen, um halb acht, wenn Ihnen das nicht zu spät ist?

Wollen wir sagen um acht! antwortete Huemer beflissen. Es blieb ihm nichts anderes übrig, und noch mehr Höflichkeit kam aus ihm hervor, Beteuerung der Dankbarkeit, Redensarten, über die er nicht nachzudenken brauchte. Während er sie aussprach, sah er an dem Mädchen vorbei, spürte aber an seinem weißen Gesicht, daß es umgekehrt jetzt ihn nicht aus den Augen ließ.

Als es gegen halb acht ging, saß er drei Häuser entfernt in einem kleinen Café, in dem sich damals gelegentlich Liebespaare trafen, die sich in den großen Cafés nicht zeigen wollten. Es ist inzwischen eingegangen, es war nicht geräumiger als ein Zimmer, schmutziges Licht fiel durch die staubigen Gardinen, an der öden rauchgelben Wand hing ein Kalender, die Bedienung war schlecht, es gab nicht einmal einen Ober, eine Kellnerin saß hinter der Bar und strickte. Solche Cafés, die für nichts da zu sein scheinen, gibt es in der Großstadt wie in der Provinz. Bei uns kenne ich mindestens ein Dutzend, die nur existieren, weil eine Konzession vorliegt; ein zu Stille gebrachtes Leben erfüllt sie, hier war es verheimlichtes Leben. Huemer erzählte etwas davon, dabei zeigte sich, daß sich in ihm Erinnerungen fortwährend umsetzten und sich einmischten in seine jeweils gegenwärtige Lage. Einmal, vor zwanzig Jahren, war er zu Mittag mit Frau Sabotin in dieses Café gekommen, da hatte in einer Nische ein Herr gesessen, den er nicht kannte, den aber Frau Sabotin kannte. Sie sagte es; ihren Worten nach schien es sie zu verstören, daß ein Bekannter sie hier sah. In ihrem Gesicht aber kämpfte die Furcht, gesehen worden zu sein, mit dem Vergnügen an eben demselben Umstand, daß sie gesehen wurde. Huemer war Zeuge des Widerstreites in ihr, aber bald auch Zeuge ihres Vergnügens, das, wenn es auch gefährlich ist, in jedem solchen Fall erstrebt und geschätzt wird. Frau Sabotin lächelte ihm zu, dann gingen ihre Blicke wieder blitzschnell zu ihrem Bekannten, ob er sie sah; sie genoß es, einen Zuschauer zu haben. Diesmal war Huemer gekommen, weil das Café nahe dem Geschäft des Herrn Wieland lag; hier konnte er warten und dann dort pünktlich sein. Er fand das Café leer. Die Kellnerin brachte ihm einen Stoß Zeitschriften, er rührte sie nicht an, er blickte auf die Uhr und dachte an das Mädchen, das jetzt eben den Mantel für ihn nähte. Er könnte ein wenig früher hinkommen, es würde noch nicht fertig sein, er würde neben ihm sitzen, es ausfragen, und vielleicht eine Verabredung mit ihm treffen. Er stellte sich das vor, es kam ihm wirklicher vor als seine Reise, und vielleicht reiste er dann gar nicht ab? Er ging statt dessen mit dem Mädchen hier in dieses Café, schickte Telegramme ab, die alles zurücknahmen, und blieb in der Stadt. Er rief die Kellnerin, sie wunderte sich, daß er so schnell wieder ging. Um drei Viertel acht war er vor dem Geschäft. Das Gitter war halb zugezogen, er schob es zurück und trat ein. Da war dort das Mädchen eben fertig geworden, es zeigte auf den Mantel, der straff, weiß und glänzend an einem Bügel hing. Sie kommen grade zur rechten Zeit! rief es. Für Huemer galt es umgekehrt, er sah, daß er zu spät kam, das Mädchen war nicht mehr an dem Punkt, an dem seine Einbildungen es gesucht hatten. Er hatte nur noch zu bezahlen, das Mädchen schob das Geld in die Kasse. So, jetzt gehört er Ihnen!

Ja, wirklich, sagte Huemer. Das Mädchen sah ihn an. Oder ist etwas nicht recht? Huemer sagte: Nein, ich denke nur schon die ganze Zeit daran – wenn Sie nicht gewesen wären, hätte ich den Mantel gar nicht!

Da war es ihm gelungen wie am Nachmittag: in dem unscheinbaren Gesicht blühten Freude und Schönheit auf.

Aber ich muß es Ihnen doch sagen, ich wollte ihn eigentlich gar nicht haben!

Oh, das habe ich gemerkt, sagte das Mädchen. Sie waren unentschlossen. Aber das macht nichts. Die meisten Kunden sind zuerst unentschlossen, später sind sie zufrieden. Und Sie werden den Kauf nicht bereuen, es ist ein sehr guter Mantel. Aber Sie müssen ihn jetzt einmal probieren!

Ruhig ging es vor, nahm den Mantel vom Bügel

und half Huemer, ihn anzuziehen. Es führte ihn vor den Spiegel. Sehen Sie, er paßt, er ist wie für Sie gemacht! Und er gefällt Ihnen doch? Huemer sagte ja, aber er sah in dem Spiegel nicht sich selbst, sondern in dem dunklen Grund das Gesicht des Mädchens, es spähte vor, prüfend wie jemand, der ein von ihm hervorgebrachtes Geschöpf mustert, ob es tauglich ist für die ihm zugewiesene Aufgabe. Bewegen Sie sich einmal! sagte es. Huemer hob und senkte die Arme, das Mädchen sagte: Gut! – und dann: Wollen Sie ihn gleich anbehalten?

Bei der Hitze, nein, ich nehme ihn an die Tasche!

Er zog den Mantel aus, das Mädchen legte ihn zurecht, es wurde ein Päckchen so groß wie die Tasche, der lederne Gurt an ihr konnte es festhalten. Seit Huemer das Gesicht des Mädchens im Spiegel gesehen hatte, wagte er es nicht mehr, ihm Blicke zuzuschicken, die es fesseln sollten. Er sah es erst wieder an, als sie vor der Tür standen, da hörte er die gewöhnliche spöttische Stimme, die ihm gute Reise wünschte, und sah das wieder unscheinbare Gesicht. Aber der andere, prüfende Blick von zuvor ging ihm lange nach, und er dachte auch später noch oft daran, wie er in dem Spiegel das Wesen gesehen hatte, das ihn so losschickte – er hatte den Mantel nicht gewollt, nun hatte er ihn.

Aber ich habe ihn nie getragen, sagte Huemer jedesmal, wenn er in seiner Erzählung bei dieser

Szene war. Wir sahen es ihm an, sie war für ihn auch deshalb merkwürdig: dieses einzige Mal, vor dem Spiegel und unter den Blicken des Mädchens, hatte er den Mantel angehabt, ein zweites Mal nicht mehr. Ich erkannte später, daß eben dies die Geschichte seiner Reise war – daß er den Mantel geschont hatte, statt ihn zu benutzen. Mir ging das auf, als ich einmal mit Huemer allein saß, und er mir seine Reiseerlebnisse erzählte.

Ich hatte damals schon vor, seine Geschichte zu schreiben. Aber etwas, das ich wissen mußte (nicht, um es unbedingt dann auch zu schreiben), fehlte mir noch immer. Mir kam der Gedanke, es könne mit seiner Reise zusammenhängen, da ging ich mit ihm in die Kantine am Schloßberg. Ich fragte ihn, wie es gewesen sei, er wollte nicht sprechen. Ich merkte, er hatte auf dieser Reise etwas erlebt, das ihm naheging. Schließlich fing er doch an, und da, weil nun alles einzelne gleich wieder als Zufall kam, belebte er sich rasch und erzählte.

7

Zuerst sprach er von der Nachtfahrt mit ihren Stimmungen, und von dem längeren Stück Tagfahrt mit seiner Entfernung von allem Gewohnten; dann kam er auf die Tatsachen. Aber bei ihnen hielt er sich wieder zurück. Er ging nicht auf sie ein, sprach sie nicht einmal aus, er ging immer nur in ihren Begleitumständen und in Bildern voran. Ich frage mich, ob ich hier von seiner Erzählung überhaupt etwas vorbringen kann. Die Tatsachen wären leicht aufzuführen; aber ich müßte sie, will ich nichts fälschen, eher aussparen und mich an die Huemerschen Bilder halten, die einen Tatbestand zwar anzeigten, aber nicht so, als wäre dadurch eine neue Lage geschaffen worden. Es scheint, daß Huemer dies auch nicht empfunden hat. Irgendetwas muß ihn gehindert haben, von den Bildern, die sich ihm eindrückten, zu dem Unumstößlichen vorzudringen, das sie enthielten. Jedenfalls hat er sich, das geht aus seiner Erzählung hervor, so verhalten wie jemand, der nicht begreift, daß nun wirklich etwas geschehen ist. In seinem Fall allerdings war das auch Schutz, und hat ihm wohl geholfen, bei dem, was damals auf ihn zukam, die Fassung zu bewahren.

Die Tatsachen waren einfach die: er hatte an dem ersten Abend, an seinem ersten Ziel, bei Frau Sabotin, während er mit ihr im Hotel nachtmahlte, ein Gespräch mit seiner Frau angemeldet, aber statt ihrer nur ihre Wirtin dort in dem Kurort bekommen, und die hatte ihm gesagt, seine Frau sei abgereist. Er hatte gesagt, nachhaus? die Wirtin hatte erwidert, nein, nicht nachhause, nach Mailand. Er hatte es für einen Irrtum gehalten, seine Frau habe doch die Tage bis zuletzt ausnutzen wollen, um sich zu erholen, und aus diesem Grund ausdrücklich gewünscht, daß niemand, auch er nicht, sie dort besuche; da hatte ihm die Wirtin erklärt, seine Frau sei vor drei Tagen schon abgereist; dann hatte sie geschwiegen und nur noch hinzugefügt, eine Adresse wisse sie nicht.

Huemer hatte den Hörer aufgelegt; und hier nun, als er weiter erzählte, kam ihm zum ersten Mal die Verknüpfung an das Bild zu Hilfe: es enthielt die gedämpfte Vornehmheit in dem teppichbelegten Hotel, in dem er mit Frau Sabotin wohnte; und sie erwartete ihn bei Tisch, und er mußte vor ihr tun, als ob weiter nichts wäre. Er konnte ja auch nichts tun ohne Adresse, und während er aß und trank und mit Frau Sabotin redete, wurde ihm klar, daß er fortan vielleicht überhaupt nichts mehr tun konnte. Zwei Tage vergingen ihm in dieser Pressung, am Abend des dritten Tages erhielt er einen Brief, den er selber geschrieben hatte, nämlich von Weifening aus an seine Frau. Die Wirtin in dem Kurort hatte die Empfängeradresse durchgestrichen, das Wort ›Unbestellbar‹ auf den Umschlag gesetzt, und als Huemers Absenderadresse den Namen des Hotels angegeben, von dem aus er mit ihr telephoniert hatte.

Huemer machte eine Pause. Ich fragte ihn, wie es mit Frau Sabotin gewesen sei; da sprach er auch von ihr nur in Bildern. Er erzählte von einem bunten großblumigen Sommerkleid, in dem sie ihn am Bahnhof erwartet habe. Dann gab es dort Waldpromenaden in ausgedehnten, streng durchforsteten Schonungen, ebene mühelose Wege; und Frau Sabotin erschien in Huemers Bericht als flink ausschreitende Spaziergängerin, die es sich nicht nehmen ließ, täglich diese gepflegten Wege zu gehen; rastlos, als ob sie ein Ziel hätte, bewegte sie sich über die weiche Walderde auf den gebahnten Pfaden. Dabei redete sie in einem fort, und die gezähmte Natur links und rechts, mit den glatten Stämmchen und dem grünen Spitzenmuster der jungen Bäume war nicht im Stande, sie abzulenken. Kam man früher als berechnet von einem solchen Spaziergang zurück, war Frau Sabotin darüber beinahe verzweifelt; sie flüchtete in die Hotelhalle und blieb in nervöser Unruhe dort sitzen: mit der unberechneten Zeit wußte sie nichts anzufangen. Aus demselben Grund legte sie darauf Wert, am späten Nachmittag, in dem bunten Kleid wieder, zwei Stunden unter dem Sonnenschirm einer Konditorei zu verbringen; solange blickte sie entspannt und lächelte und blätterte in Zeitschriften. Aber sofort war ihr Gesicht wieder ratlos, wenn sie vom Ufer eines Aufenthalts gestoßen wurde und in eine Lücke geriet, für die nichts festgesetzt war. Auch die Mahlzeiten im Hotel hielt sie gewissenhaft ein, dabei blühte sie auf und wurde der Mensch von früher. Aber einmal, als Huemer ihr, da er sie so zufrieden sah, vorschlug, in der Abenddämmerung noch durch die Stadt zu gehen, fragte sie ihn: wohin, wozu; und dann, auf halbem Weg, während er auf ein Schaufenster zeigte, kehrte sie plötzlich um und lief ihm davon. Er fand sie eine Weile später am Bahnhof unter einer Laterne, von weitem sah er die grellbeleuchteten großen Blumen, sie stand voll Unruhe und Furcht im Licht und war unfähig, auch nur zwei Schritte aus eigenem noch zu tun. Er brachte sie nach Hause, da verließ sie allmählich die Angst vor der leeren Zeit, die sie, wie diese, nicht durch eine vorgetäuschte Beschäftigung schon im voraus bestimmen konnte.

Es war zu erkennen, daß Huemers Wiedersehen mit Frau Sabotin mißglückt war. Sie strengte ihn an; auf Ansprüche an seine Person war er nicht gefaßt gewesen, und schon gar nicht auf die Aufgabe, einen Menschen aus seinem Gespensterdasein zurückzurufen durch Teilnahme und Geduld. Das konnte seine Sache nicht sein. Auf einen Besuch wollte er sich eingelassen haben, aber in mehr nicht hineingezogen werden, er fühlte sich auch berechtigt zu Ablehnung: er fand, es sei falsch, jemandem in seiner Unruhe und seinen Einbildungen nachzugeben, so hülfe man ihm nicht. Erst später sah er ein, daß er damals versagt hatte, einfach aus Bequemlichkeit, weil es ihm ungemütlich und lästig gewesen war, der Verlassenheit, der Angst, und nun wußte er es auch: der Todesangst der alternden Frau zu begegnen. Von einer Krankheit hatte er ihr nichts angemerkt, aber freundlich war dann auch sie nicht mehr zu ihm gewesen. Wozu war er gekommen, er interessierte sie nicht. Hinter solchen Reden verletzten Stolzes verbarg sie ihre Enttäuschung. Zuletzt sagte sie ihm, auch Briefe erwarte sie nicht mehr von ihm. Stumm, verschlossen, ein Schatten bei heller Sonne, brachte sie ihn am vierten Tag an den Bahnhof. Huemer fuhr ab. Der Zug auf der Nebenstrecke brachte ihn bis zu dem Knotenpunkt an der Hauptlinie, dort stieg er in den Schnellzug um.

Und nun kam wieder etwas, bei dem er die Tatsache verleugnete oder wenigstens verschleierte und nur das flimmernde Bild hervorholte und es ablaufen ließ. Er stieg rasch ein und ging, weil die Abteile voll besetzt waren, um ein paar Wagen weiter. Er erinnerte sich später, auf einem Schild gelesen zu haben, daß diese Wagen aus Mailand kamen. Da sah er auf einmal seine Frau. Aber beinahe hätte er sie übersehen: sie saß in einem Wagen, der zur Hälfte als Speiseabteil eingerichtet war; dort hatte sie ihren Platz an dem Tisch zwischen den Leuten, die aßen. Sie aß nicht, sie saß still und sah vor sich hin, und als er sie anrief, wendete sie den Kopf, mehr konnte sie sich im Augenblick nicht rühren. Dann redeten sie, aber es ging langsam, und nun, wo Huemer hätte sprechen, fragen oder wenigstens zuhören müssen – oder auch nur Vertrauen erwecken, daß er zuhören könne, brachte er es wieder nicht fertig, den Zwang aufzuheben, durch Teilnahme hervorzutreten und so dem Anspruch zu genügen, daß er einen Menschen herübergeholt hätte aus seiner Getrenntheit; er konnte die Fremdheit nicht bewältigen; das Verlorene nicht finden.

Einen Tag blieben sie dann zusammen, sie stiegen dazu aus in der nächsten größeren Stadt, aber auch da gab es keine Erklärung, nur Schweigen und Vorsichhinsehen, und so wenig wie bei Frau

Sabotin Lösung. Es war noch immer die große Hitze wie all die Tage her, so daß Huemer den Mantel kein einziges Mal hatte auseinanderzunehmen brauchen, er hätte ihn auch zuhause lassen können, es war immer gleich blauer Himmel; und da kam er, als er mir davon erzählte, auf sein Wort spellbound zurück. Er sagte, er habe es von Anfang dieser Reise so empfunden, daß er sich zwar bewegt habe, aber nicht frei, wie man sich sonst bewegt, sondern gebunden; jemand, der nicht im Stande war, sich selbst zu benutzen; und nur die Bilder wurden ihm zugeschoben, eins nach dem andern, und in einem lautlosen Zusammenhang – zuletzt dieses, wie seine Frau vor ihm stand, aber von dem Ungesprochenen erstarrt und nicht mehr die seine. Er sah sie – er konnte sie nicht mehr erreichen.

8

Aber das alles erfuhr nur ich – die Geschichte, wie Huemer sie in unserer Gesellschaft erzählte, enthielt davon nichts. Er beschränkte sich da jedesmal darauf, einiges anzudeuten. Er erklärte, die Reise sei eine Sache für sich, er ging weiter nicht auf sie ein, ebenso wie er über ihre Voraussetzungen kurz hinweggegangen war, von ihnen nur soviel erwähnt hatte, als nötig war, um den Zufall, der ihn in Bewegung gebracht hatte, ins rechte Licht zu setzen. Er wollte uns die Geschichte seines Mantels erzählen; da war es ihm wichtig, uns darzustellen, daß er ihn so plötzlich gekauft hatte, aufgeregt durch den plötzlichen Entschluß zur Reise, durch Zufall und Zweifel dabei, und umgekehrt gebunden doch durch die seltsame Lautlosigkeit aller Vorgänge in dieser heißen, stillstehenden Zeit. Und so sagte er denn auch von seiner Reise kaum mehr, als daß sich das Wetter während der acht Tage, die er unterwegs gewesen sei, nicht geändert habe, immer sei es schön gewesen, beständig, die Gegenden verwandelt, als lägen sie in einem andern Erdteil, er selber in dem Zustand von Spannung wie unter einem Himmel glänzender Haut; und so sei er dann auch heimgekommen, sei wieder angekommen in der Stadt, und der Mantel war nicht benutzt worden.

Huemer ist an diesem Nachmittag von niemandem gesehen worden als von dem Wirt zum ›Weißen Adler‹ an der Ecke der Sandgasse und später vor der Wirtshaustür; diese Begegnung war ihm unangenehm gewesen, weil sie ihm bewußt gemacht hatte, wie wenig er heimgekommen war in eine Wohnung, die ihm nicht gehörte; dieses stumme Heimkommen erzeugte in ihm eine Art Schwindel, als könne er ebensogut, wie er auf dem

Pflaster dahinging, auch noch im Zuge sitzen; lebhaft wünschte er, einen Bekannten zu sehen und sich laut mit ihm zu unterhalten, um sich der Tatsache zu versichern, daß er zurück war. Aber die Stadt rings um ihn blieb weiter stumm für ihn, die meisten Fenster waren der Hitze wegen geschlossen oder sahen blind, mit heruntergerollten Schattenvorhängen, auf ihn; auch auf dem breiten Spittelanger vor Wielands Geschäft ließen ihn die Schaufenster nichts erkennen; weiße Leinwand, von dünnen Holzstäben vornehm gespreizt wie Segeltuch, bedeckte sie bis untenhin. Auf dem schwarzen Glas mit den feinen goldenen Schwüngen der Schrift lag Staub, und Staubhauch lag wie Spinnwebe auch vor den Schaufenstern der andern Geschäfte, an denen Huemer vorüberkam. Er kannte die meisten, manche riefen ihm Erinnerung und Zusammenhänge herauf, Merkpunkte des Vergangenen. Fünf große Schaufenster öffneten sich vor einem Geschäft für Gartengeräte und Landmaschinen; das Heuschreckengrün und scharfe Rot an den Schaufeln, Rädern und Zakken sah aus, als gehöre es zu einem Acker mitten in der Stadt. Die Besitzer waren bäurische, reichgewordene Leute, Huemer hatte für sie einmal einen Prospekt gezeichnet. Die Besitzerin des nächsten Ladens war die Schwester eines Geistlichen, Huemer kannte sie durch seinen Onkel, sie hatte ihrem alten Bruder bis zu seinem Tode die Wirtschaft geführt; noch zu seinen Lebzeiten hatte er ihr, um ihr für später eine Existenz zu schaffen, diesen Laden gekauft, in dessen zugehöriger Werkstatt sie nun, mit einer Schar Lehrmädchen, und stets nach allerneuestem Geschmack farbige, blumenhafte Hüte herstellte, und selber doch die graue Maus blieb wie ehedem. Der Inhaber des Delikatessengeschäftes daneben war mit uns zur Schule gegangen, aber war nicht immer Inhaber gewesen, das Geschäft hatte ursprünglich seiner Frau gehört. Huemer hatte ihm eine Zeitlang die Schaufenster dekoriert, aber dann war er mit ihm auseinandergekommen. Dieser Schulfreund hatte schon als Junge wie ein vorsichtig zugeknöpfter Beamter ausgesehen, er war Huemer Geld schuldig geblieben und hatte ihn dann mit Delikatessen bezahlen wollen. Seine Frau hatte sich geschämt und Geld aus der Kasse genommen und Huemer damit bezahlt. Der Mann war dahintergekommen und hatte ihr alle Vollmachten entzogen. Seither stand sie nur noch unter seiner Aufsicht im Geschäft, abgeblüht, mit matten Augen und scharf eingerissenen Falten über der wehmütigen Schönheit von einst. Huemer kam auf die Hauptstraße, die an dem Tag noch öder war als sonst an einem Sonntag, ganz leer; von weitem schon klingelte die Elektrische, auch sie war leer, nur die Schaffner standen an der Klingelleine. Huemer hätte einsteigen können, die Linie führte über die Brücke ans andere Ufer und dort bis an den Lokalbahnhof, von dem aus er die zwei Haltestellen zu fahren hatte; die dritte, wo Seidler wohnte, hieß Zell, dort mußte er aussteigen. Aber es war noch eine Stunde Zeit, und er konnte den Zug auch zu Fuß erreichen. Er hatte sogar noch Zeit, im Café Schmiedtor nachzusehen, er tat es in der Hoffnung, jemanden von uns dort zu treffen. Aber so wie am Telephon niemand gewesen war, fand er auch im Schmiedtor niemanden vor, und ernsthaft hatte er damit auch nicht rechnen können; wir kamen jeden Wochentag ins Schmiedtor, kaum aber um diese Zeit, Sonntag nachmittag; es hätte eine Ausnahme sein müssen. Huemer sah außer den Kellnern nur ein paar fremde Urlaubsreisende, die schwitzend, die Jacken auf die Stühle gehängt, ihr Eis verzehrten, und als die Kellner ihn begrüßten, winkte er ab. Er trat an den Zeitungsständer, an dem die dicken Sonntagsausgaben wie Laub aus Schnee hingen; er las ein paar Überschriften, las sich fest und mußte sich nun doch beeilen. Wenn jemand kommt, sagte er zu dem Ober, ich seh gegen Abend dann nochmals herein! – Sehr wohl, antwortete der Ober. Huemer war schon unter der Tür; draußen, an den Tischchen im Freien, saßen noch immer die fremden Gäste, das Eis war zu rosa Wasser geschmolzen. Die Straße führte gegen den Fluß. Huemer sprach über dieses Stück Weg, er ging es immer gern. Wir verstanden ihn: hier begann das einzige Besondere unserer Stadt, das einzige auch, von dem sich denken läßt, daß es für eine Geschichte etwas hergeben könnte. Die Straße weitet sich zu einem Platz, auf dem zwar nicht der Strom sichtbar wird, aber der freie Lufthauch ihn ahnen läßt, und in den zuweilen, an stürmischen Tagen, wie in einen Windvorhof des Wasserreiches die Luft feucht hereinwogt. An diesem Nachmittag aber war der Platz eine Bucht aus Stein und schlief in der Sonne. Hinter den Häusern, die zu beiden Seiten bis an den Fluß gingen, erhoben sich, eingepackt in die Enge der Altstadt, die Kirchtürme, und an ihnen konnte Huemer nun wieder die Uhren sehen, die verschiedenen Zeiten, die sie einander zublinkten. Aber diesmal verließ er das kleingesponnene Netz, in dem diese Zeigerstellungen galten, er trat auf die Brücke und sah den Strom. Grün, gleichmäßig, still drang das Wasser herein, die weißen Risse an den Ufersteinen zeigten, wie tief sich der Spiegel in der heißen Zeit gesenkt hatte. Aber um nichts vermindert schien die Breite, in der hier der Fluß hinabtrieb, glatt, kaum gezeichnet von den Wirbelfiguren, in denen die Strömungen einander überholten. In beständiger Eile führte der Strom seine Masse dahin, und Huemer unterlag, wie so oft, der Täuschung: er ging nahe dem Brückengeländer, da stand der Strom still, und die Brücke wurde ein Schiff, das schräg voranfuhr. Drüben landete es, einen Augenblick lang noch drehte sich das herangenäherte Ufer, dann lag es fest; und es war wieder der Fluß, der sich bewegte. Huemer wechselte die Tasche in die andere Hand, als er drüben ankam. Eine Elektrische überholte ihn. Ein Stück weiter, wo die Häuser nach dem Brückenkopf wieder zusammenrückten, bog sie ab. Sie quietschte in der Biegung. Das war das Geräusch, das Huemer von dieser Stelle kannte: Klingeln, Quietschen; eine kurze Strecke dahinter lag dann schon der Bahnhof.

Er kam noch immer zu früh, aber die Zuggarnitur, eine lange Reihe Wagen, stand schon bereit. Huemer löste sich die Fahrkarte, dann erkundigte er sich beim Schaffner, um wieviel Uhr er am Abend von Zell zurückfahren könne. Fahrplanmäßig um halb sieben, sagte der Schaffner, aber wir werden Verspätung kriegen. Und wenn Sie erst in Zell zusteigen bei der Rückfahrt – hoffentlich kommen Sie da überhaupt mit!

Huemer wunderte sich – bei so vielen Wagen, in denen jetzt kaum ein Dutzend Menschen saßen, warum sollte er da nicht mitkommen? Der Schaffner sagte: Was glauben Sie, was da alles hereinfährt heute von draußen – und das hier ist schon unsere Ersatzgarnitur! Huemer sah die leeren schmalen Fenster in der Reihe – es waren altmodische Wagen aus braunem Holz und mit offener Plattform, wie sie kaum noch auf Nebenstrecken verwendet wurden. Und nun erinnerte er sich: die halbe Stadt war an den schönen Sonntagen auf dieser Uferstrecke draußen zum Baden. Viele Leute fuhren schon frühmorgens, andere gegen Mittag, jetzt am Nachmittag verließ niemand mehr die Stadt. Aber am Abend würden sie alle zurückwollen; und in Zell, so nahe der Stadt, würde der Zug überfüllt sein.

Einstweilen machte er sich keine Gedanken. Die Zeit war noch immer leer für ihn, und nun sollte er wenigstens wieder fahren.

Er stieg ein, legte die Tasche mit dem Mantel auf den Gepäckträger und setzte sich in eine Ecke am Fenster. Die Hitze machte ihn schläfrig, aber die Aussicht, daß es bald weitergehen würde, belebte ihn. In der Stadt war er wie gelähmt gewesen von dieser Stockung, daß er angekommen war und doch nicht angekommen. Den Einfall, nach Zell zu fahren, hatte er aufgegriffen nur, weil er ihm erlaubte, sich wieder in Bewegung zu setzen. Nun erst stellte sich ihm seine Absicht deutlich vor; der Besuch, den er machen wollte.

Er war dem Ziel näher gerückt, davon minderte sich seine Entschlossenheit, es zu erreichen. Es war dieselbe Figur wie immer bei ihm: ob er in einer fremden Stadt ausstieg und, statt auf seinen Bekannten, den er dort treffen sollte, zu warten, sich wieder davonmachte; ob er den Mantel kaufen wollte, aber, als es ernst wurde, sich anschickte, heimlich zu gehen – es war etwas in seiner Natur, das sich mit den Dingen nicht einlassen wollte. Stets fand er Gründe dafür. Diesmal: ob Seidler überhaupt zuhause war? Vielleicht war auch er zum Baden gegangen bei diesem Wetter? In Zell hatte er es bequem. Die Klosterruine stand auf der Wiesenhöhe dicht über dem Fluß. Eine herrschaftliche Fahrstraße aus der Zeit, da das Kloster noch nicht aufgehoben gewesen war, führte zwischen alten Bäumen die Uferböschung hinauf. Es gab auch einen Fußsteig aus der späteren Zeit, da das Haus leer gestanden und die Bauern es als Remise, Speicher und Schüttboden benutzt hatten. Der Fußsteig ging durch Laubgewinde und über Steintreppchen, er war der Abkürzungssteig bis an die Haltestelle der Bahn, und von ihrem Wartehäuschen hatte man nur ein paar Schritte und kam ans Wasser. Huemer fielen die Augen zu. Er war in einer andern Zeit. Er sah die junge Frau, er getraute sich nicht, sie zu fragen, warum sie diesen Mann plötzlich geheiratet hatte. Sie ließ es auch nicht zu, daß er fragte, sie machte Huemer niemals Vorwürfe. Trotzdem glaubte niemand von ihr, daß sie es lange bei Seidler aushalten würde. Aber als die Ehe dauerte, sprach bald auch niemand mehr davon. Warum blieben die beiden zusammen – vielleicht aus Gewohnheit. Alix Wrann mit dem kleinen ›von‹ vor dem Namen, die nun Frau Seidler war, enttäuschte ihre vielen Bekannten. Eine Spielzeit lang noch blieb sie an der städtischen Bühne, dann trat sie ab. Ganz gab sie die Verbindung nicht auf, und das half ihr später, als es mit Seidlers Laufbahn stockte. Zum Sprung zurück auf die Bühne reichte es nicht mehr. Aber nun erteilte sie Sprechunterricht. Mittels eines Bindestrichs gelang es ihr, das Wörtchen ›von‹ wieder ihrem Namen beizuschmuggeln; Alix v. Wrann-Seidler stand auf ihren Karten; und der Titel Professor, den Seidler führte, kam auch bei ihr manchmal dazu. Im Grunde veränderten sich die beiden dann nicht mehr. Die Frau hielt sich bei Reputation, der Mann redete von seinen Plänen. Er brachte sein kleines Gehalt nachhause; und sie steuerte hinzu, was nötig war, damit es für ein gemeinsames Leben nach ihren Ansprüchen langte. So blieben sie zusammen, und man wunderte sich nun nicht mehr, daß sie es taten. Gelegentlich traf man sie in der Stadt, dann gab es dieses Übliche: Begrüßung, Gespräch;

Verabredungen, die nicht eingehalten wurden: kommen Sie doch wieder einmal zu uns! – längst war es Huemer gewohnt, zu der Frau auch ›Sie‹ zu sagen. Das ›Du‹ war vergessen, sie war eine andere Person, nicht die eine, kaum erfahrene, die sie gewesen war.

Er dämmerte in den Bildern dahin, da trat ihm die vergangene Person wieder hervor. Aber sie trat ihm nicht nahe, und so wie er von ihr keine Vorwürfe empfangen hatte, brauchte er sich auch selber nicht welche zu machen: er zweiundzwanzig, die Frau um vier Jahre älter, er hatte für sie Kostümentwürfe gezeichnet, und zwei Mal war sie ihm zu einem Porträt gesessen, und da hatte er ihr erzählt, was er werden wollte. Er erinnerte sich an ein Zimmer mit hellen eingelegten Möbeln, an einen tief zum Boden reichenden Spiegel mit einem weichen runden Hocker davor, an lautes Vogelzwitschern am frühen Morgen, obwohl das Zimmer doch mitten in der Stadt lag; und nun auf einmal fiel ihm ein: das Haus lag schräg gegenüber dem falschen Palazzo, in dem Herrn Wielands Geschäft war; daran hatte er sich vorhin, als er durch die Straße gegangen war, nicht erinnert. Jetzt sah er es vor sich: den ersten Stock, den schmalen Balkon, der nur Zierde war, man konnte ihn nicht betreten; und nun war es wieder die andere Zeit, die Sonne fiel herein auf einen Teppich, in dem, einen Streifen breit, die Farbe ausgeblieben war, die Figuren liefen auf diesem Streifen nur grau wie Schatten. Füße auf dem Teppich, Befangenheit bei Huemer, etwas Damenhaftes, Leichtes, das ihm überlegen war. Nichts Bitteres, oder hatte er nicht gespürt, daß die Frau es ihm erspart hatte? Keine Bitterkeit auch in den auf blauen Blättern hilflos gemalten Briefen, mit denen sie ihn ein Vierteljahr später zu halten versucht hatte. Oder hatte er die Briefe damals nur nicht gelesen? Er las etwas, nun doch im Schlaf; als er aufwachte, konnte er es nicht mehr entziffern. Der Zug, wie er anruckte, hatte ihn wieder zu sich gebracht. Schilder bewegten sich vorm Fenster; die Kastanienbäume der Bahnhofsallee, zu Kugeln gestutzt, glitten mit staubigem Laub vorüber. Ruß flog ins Abteil, vorn die kleine Maschine zischte und pfiff. Huemer sah in Schrebergärten, in deren Schatten alte Leute saßen, Kinder lagen auf Decken im Gras, Sonnenblumen winkten nahe vorbei. Die Häuser kehrten ihre kahlen Hinterseiten der Bahn zu, das laute Geräusch dröhnte von den Mauern, dann hörte es auf, der Zug hatte das Ufer erreicht, nun schwamm das blasse Grün des Stroms vorm Fenster, die Rauchfahne wehte frei. Die Weiden am Ufer schüttelten sich im Fahrwind und warfen die helle Seite ihrer Blattzungen auf, in milchigen Wirbeln drehte sich das Wasser zwischen den Steinen, die dem behauenen Damm noch vorgesetzt waren. Mit Rillenmustern erstarrter Wellen hoben sich Schlammbänke aus den Untiefen, Badende winkten, ein Auto fuhr lange neben dem Zug; als dann unten in den Wagen die Bremsen rauschten, fuhr es ihm davon. Die Räder kreischten, der Zug hielt an. Pichling hieß die erste Haltestelle, die zweite hieß Pichling-Zell, die dritte war Zell. Wieder blieb die Straße neben der Bahn, dann kam die Böschung, auf ihr Rasen und verblühter Löwenzahn – er nistete auch noch in den Steinfugen des Damms, die winzigen Samenfedern flogen hinaus auf das Wasser. Der Zug fuhr langsam, er brachte es nicht mehr zu großer Geschwindigkeit auf den kurzen Strecken. Nach dem zweiten Halt überlegte sich Huemer, ob er nun in Zell aussteigen sollte oder nicht. Aber er konnte dort auch baden statt diesen Besuch zu machen, den sich vorzustellen er immer weniger imstande war; das andere konnte er sich vorstellen, er sah es jetzt schon vor sich: eine Sandzunge, auf der man sich ausstrecken konnte, und das Wasser ging vorüber, grüngrau, so verging die Zeit. Er trat auf die Plattform, der Wagen kam an dem Halteschild zu stehen, er stieg aus. Er blieb auf dem Bahnkörper stehen und wartete, bis der Zug wieder anfuhr. Die Wagen rollten an ihm vorbei. Wenn die Zwischenräume kamen, konnte er das Bild auf der andern Seite sehen: den Uferdamm und den Strom. Immer schneller zogen die Wagen, der letzte rauschte vorbei, die rote Scheibe an ihm pendelte. Der schwarze Umriß entfernte sich. Huemer trat vor, um die Geleise zu überqueren. Da sah er, daß auch drüben, auf der Uferseite der Geleise jemand stand, es war Seidler. Er trug einen dunklen Anzug und hielt einen Strauß lila und weiß geäderter Schwertlilien in der Hand. Eine Weile dauerte es, bis in Seidlers Augen hinter der goldgeränderten Brille das bloße Blicken aufhörte und das Erkennen anfing. Ich denke, ich sehe nicht recht! sagte er.

Huemer ging über die Geleise auf ihn zu und drückte ihm die Hand.

Eben überlege ich mir, ob ich auch wirklich ohne Anmeldung zu Ihnen kommen darf . . .

Es war nicht ganz die Wahrheit, Huemer hatte sich etwas anderes überlegt. Aber dann konnte er erzählen, daß er von einer Reise kam. Das stimmte wieder. Er sagte, daß er in der Stadt niemanden getroffen habe, da sei es ihm eingefallen, hier herauszufahren. Seidler hieß ihn herzlich willkommen. Nun erst wunderte sich Huemer, ihn hier an der Haltestelle getroffen zu haben. Er fragte ihn, ob er jemanden erwartet habe. Seidler sagte:

Nein, ich war in der Au drunten. Da gibt es an einer Stelle diese Schwertlilien. Und meine Frau mag sie besonders gern. Es ist eine Überraschung für sie. Sie hat heute Geburtstag!

9

Huemers Besuch bei Seidlers dauerte knapp zwei Stunden; um vier kam er an, um sechs brach er oben im Hause auf, um den Zug, mit dem er zurück wollte, nicht zu versäumen. Er war, wie immer bei solcher Gelegenheit, ängstlich darauf bedacht, nicht zu spät zu kommen. Er selbst erwähnte es, als er seine Geschichte erzählte, und behauptete dann allerdings, diese Ängstlichkeit an dem Tag abgelegt zu haben, damals habe er sie zum letzten Mal an sich wahrgenommen. Als ihn jemand fragte, was das bedeute, oder was er sonst noch abgelegt habe, sagte er: Die Furcht vor Gewittern! Auf die Frage, ob damals ein Gewitter gedroht habe, antwortete er: Nein! – Es hörte sich an, als spreche jemand von einer Krankheit, die ihm erst später, nach der Genesung, bewußt geworden war, und deren Symptome er zu der Zeit, als sie bei ihm aufgetreten war, nicht beachtet hatte. Aber ganz augenscheinlich hatten sie Huemer gehindert, bei den Seidlers im vollen Sinne des Wortes anwesend zu sein; es schien ihm ähnlich ergangen zu sein wie zuvor in der Wohnung seines geistlichen Verwandten: er war angekommen und nicht angekommen; und er erzählte davon, als habe ihm allein schon in der Art, wie er den Dingen begegnet war, die Kraft zur Syntax gefehlt; er schilderte Eindrücke, als hätten sie ihn vorüberschwebend getroffen wie bei Blicken aus einem noch immer dahinfahrenden Zug. So ging aus seiner Erzählung zunächst nicht hervor, wie sein Besuch bei den Seidlers verlaufen war; er brachte Erwähnungen vor, besonders zu Anfang, und gebrauchte selbst diese Wendung: Ich will Ihnen das nur erwähnen! – aber in der Begründung verlor er sich dann oder sprang auf etwas anderes über. Der Ort war ihm düster erschienen, daran hatte er sich so genau nicht erinnert, der Geist des alten Klosters war aus dem Haus nicht gewichen trotz der Möbel und Teppiche und hellen Gardinen, mit denen Frau Seidler die Wohnung freundlich gemacht hatte. Dann eine Besonderheit: hinter dem bewohnten Hause gab es einen langgestreckten Trakt mit Giebeln, Gesimsen und Säulchen und einer Pforte in der Mitte, er zog sich vom Hof bis an die entfernte Parkmauer; mit dem Kopfsteinpflaster vor seiner Front sah das Ganze aus wie ein Stück Straße; –

und zu diesem Bild nun gehörte Seidlers Aufklärung. Wir nennen es auch ›die Gasse‹, sagte er. Huemer fragte: Aber wer wohnt hier? – Niemand, sagte Seidler, sehen Sie selbst, hier hat nie jemand gewohnt!

Als Huemer durch die Pforte in der Mitte trat, stand er im Freien vor einer Sandgrube und einer steilen Wiese; die Mauer, dieses ganze Haus war nur als Scheingebäude errichtet worden, um eine Perspektive zu schaffen, eine Abgrenzung zu bilden – innen war Welt, außen das Nichts; so drückte es Seidler aus. Huemer merkte nicht sofort, daß dies eine der Seidlerschen Kunsttheorien war; ›Welt‹ und ›Nichts‹ und ›herausgenommener Raum als Schöpfung‹ waren die dazugehörigen Begriffe. Sie kamen vor in einem Aufsatz, den Seidler für das im übrigen trocken statistische Jahrbuch des städtischen Museums geschrieben hatte. Der Aufsatz stand im Anhang, kleingedruckt, verkürzt, erstickt von den lächerlich provinziellen Aufzählungen, die sich auf den Seiten zuvor breitmachten. Huemer hatte den Aufsatz nicht gelesen, niemand las ihn. Seidlers Theorien galten als abstrus; und seine Frau hielt sich zurück, wenn davon gesprochen wurde – nur gelegentlich zeigte sie Verständnis, darüber freute sich Seidler dann umso mehr. Und hier nun, was das Problem der Scheingebäude anging, war ein

Punkt, bei dem sie ihn, wie er sagte, geradezu überrascht habe. Er erzählte so gern davon, er fühlte die Genugtuung des Lehrers, der die treffliche Leistung eines Schülers vorzeigen kann, und sie im stillen seiner Einwirkung auf ihn zuschreibt. So erfuhr nun auch Huemer, was Frau Seidler, vor langem schon, beim Anblick des Gebäudes empfunden und ausgesprochen hatte:

Meine Frau ist an dieser Stelle immer ein wenig ängstlich. Sie sagt nicht ›die Gasse‹, sondern ›das Ende der Welt‹. Und so unrecht hat sie ja nicht. Aber warum fürchtet man sich?

Dieses Wort mußte bei Huemer gezündet haben, ähnlich wie manchmal auf einer Bühne ein bestimmtes Wort die Szene dicht macht und allen nachfolgenden Bewegungen und Worten Bedeutung gibt und sie in einen Fluß bringt – es gelang ihm, ein zusammenhängendes Stück zu erzählen. Später, als ich mich allein mit ihm traf, erzählte er davon noch mehr; manches andere erfuhr ich von Frau Seidler, als ich mit ihr über Huemer sprach, sodaß für mich sein Besuch in Zell am Ende doch ein richtiger Vorgang wurde. Da erschien Seidler, wie er seine Erklärungen gab, ähnlich einem Fremdenführer, der von dem Geist des Ortes absichtlich etwas hervorkehrt. Er hatte diesen Rundgang in die ›Gasse‹ oder auch ›Ende der

Welt‹ vorgeschlagen und sich dazu eine schwarze Mütze aufgesetzt. Sie verlieh ihm, wie ers wohl wollte, das Aussehen nicht eines beliebigen, sondern gelehrten Fremdenführers, der an dem Ort, an dem er wohnt, Forschungen betreibt. Ich arbeite ziemlich viel, sagte er zu Huemer, ich werde Ihnen etwas zeigen! – und als sie sich später, in Gegenwart seiner Frau, in der Wohnung setzten, kam er darauf zurück – ich habe Ihnen noch gar nicht erzählt, daß man mich endlich pensioniert hat, seither geht es mit meiner Arbeit besser als früher. Es war ein Glücksfall, oder vielleicht weiß man mich doch zu schätzen? Ich habe noch lange nicht das Alter, und auch Dienstjahre fehlen mir noch!

Reden Sie ihm zu, daß er etwas fertig macht, sagte da Frau Seidler, er bringt es doch nie zu einem Abschluß, er findet immer neue Gesichtspunkte. Aber er müßte doch einmal eine Sache abschließen und dann eine neue anfangen!

Huemer erinnerte sich, daß er dies schon vor Jahren einmal gehört hatte von Frau Seidler – dieselben Worte. Seidlers Aufsätze, die als Anhängsel gedruckt wurden, waren Teile einer Art Geistesgeschichte der Provinz, er hatte bestimmte Zusammenhänge aufgedeckt, die vor ihm niemand beachtet hatte. Aber es gab etwas in Seidler, das ihn hinderte, eine Sache zu vollenden und abzustoßen, er konnte sie nicht aus sich entlassen. Huemer kannte ihn nicht anders als in dem Zustand, daß er eine Arbeit, bis auf eine Kleinigkeit, die noch zu leisten war, fertig hatte; aber während er diese Kleinigkeit machte, die schon nicht mehr wesentlich war, kehrte es sich in ihm um. Er gab dann äußeren Umständen die Schuld, hatte es schon getan, als Huemer ihn kennengelernt hatte – damals, bei den Abendkursen, wegen der er beinahe von der Schule entfernt worden war.

Ich weiß auch, woran es liegt, sagte Seidler, mir fehlt der Kontakt, und das liegt an unserer Stadt, es gehört zu ihrem Wesen, Kontaktlosigkeit, sie kann sich nicht erlösen, und das ist auch ein Thema, ich weise nach, warum es bei uns immer große Begabungen gegeben hat, Ansätze, aber keine Erfüllung. Nur müßte ich mir selber Distanz schaffen, dann könnte ich es auch darstellen; seien Sie froh, daß Sie so früh weg sind, und daß Sie nicht zuhause sind hier, das ist unbezahlbar!

Herr Huemer kommt von einer Reise, sagte er zu seiner Frau; einen Augenblick nur hatte er sich gestattet, von sich selbst zu sprechen, das hatte ihn verdüstert, er war auch nicht gut rasiert und trug im Zimmer noch immer die schwarze Mütze. Nimm doch wenigstens die Mütze ab, sagte Frau

Seidler. Huemer kam es wieder vor, als habe sie dies schon einmal gesagt. Sie war beschäftigt, es sollte Tee getrunken werden, sie deckte den Tisch. Milch und Butter mußten aus dem Keller geholt werden, Frau Seidler nahm den Schlüssel vom Haken. Sie bat ihren Mann, einstweilen Wasser aufzusetzen. Er tat es, sie sah ihm zu, wie er den Kocher ansteckte, dann ging sie. Aber es war nicht leicht zu erkennen, wie Frau Seidler sich selbst und zugleich jemand andern beschäftigte; sie blieb lange aus, das Wasser kochte; da stellte sich heraus, sie war noch gar nicht gegangen, man hörte sie im Flur sprechen.

Meine Frau hat jemand getroffen, es sind Nachbarn, die ihre Garage hier haben; ich glaube, sie war noch nicht im Keller, sagte Seidler. Er zog den Stecker wieder aus der Dose. Endlich kam Frau Seidler zurück. Ist der Tee fertig, fragte sie. Aber das Wasser kocht gar nicht . . .

Seidler wandte sich ihr zu mit einer Gebärde, als sei er bereit, jeden Einwurf großmütig einzubeziehen; er wollte ihr erklären, warum er den Kocher wieder abgeschaltet habe. Aber sie nahm ihm die Erklärung nicht ab, sie war böse. Ach, jetzt bin ich extra lange ausgeblieben, damit der Tee auch fertig ist, wenn ich komme, und nichts ist fertig. Dabei ist dies das einzige, das ich mir jeden Tag wünsche, daß wir wenigstens Tee zusammen trinken, und ich nicht noch Arbeit dabei habe, sondern mich hinsetzen kann dazu. Aber ich kann es nicht erreichen!

Ihre Stimme klang ärgerlich, nicht von dem einen Mal, sondern von vielen Malen. Sich hinzusetzen, wenn alles fertig war – das war alles, was sie wollte; und sie ging zuvor weg, damit es geschehen konnte als kleiner fester Vorgang; mit ihm behauptete sie sich gegen die Unordnung, gegen das Nichtfertigwerden, das von Seidler ausging.

Er bestand nicht darauf, daß er recht habe, er entschuldigte sich: Wir waren im Gespräch! Frau Seidler steckte nun selbst den Kocher an, dann räumte sie einiges weg: Nähzeug, Briefe; sie zupfte an den Gardinen und setzte sich erst, als das Wasser kochte und sie den Tee aufgießen konnte. Möglicherweise war es ihr nicht bewußt, aber sie richtete alles so ein, daß der Vorgang, an dem sie sich festhielt, das ›sich Hinsetzen in Ruhe‹ doch noch zustandekam.

Es war nicht Streit zwischen den beiden, nur Schwierigkeit; Seidler begütigte seine Frau. Es tue ihm leid, daß er etwas versäumt habe – ein Mißverständnis. Da taten auch ihr die unfreundlichen Worte leid. Aber erst als alle bei Tisch saßen, atmete sie auf; nun war die Bedrohung gebannt.

Huemer kannte sie so nicht. Er hatte das Mädchen gekannt, den jungen Menschen, der nachgiebig und liebesbereit gewesen war. Aus ihm war eine Frau geworden, und nun sah er es genauer: Seidlers Frau. Neben ihm mußte sie leben, da war für sie die Konvention etwas geworden, mit dem sie sich absichern konnte gegen seine Reiche, die für sie mit dem ›Ende der Welt‹ zusammenhingen. Sie war streng geworden, weil sie sich fürchtete; sie war freundlich, weil sie furchtsam nicht sein wollte. Die unübersichtlichen Eigenheiten ihres Mannes ließen sie auf der Hut sein, diese Vorsicht war ein Zug ihres Wesens geworden. Auch an Huemer duldete sie jetzt nichts Fremdes, Unkenntliches. Er war auf einer Reise gewesen, sie mußte sich seiner vergewissern. Aber sie tat es nicht durch eine Frage, auf die sie nur Unprüfbares zu hören bekommen und mit der sie nichts hätte kontrollieren können, sondern durch einen Blick auf sein Gepäck. Er hatte seine Tasche in eine Ecke gestellt, der Mantel lag lose obenauf unter dem Riemen.

Sie haben einen neuen Mantel, sagte sie, er sieht noch aus wie vom Schneider.

Er ist neu, erwiderte Huemer, er ist von Wieland. Ich bin heute ...

Er unterbrach sich. Seidler war aufgestanden, streckte nun aber beide Hände vor zum Zeichen, daß man sich nicht stören lassen solle. Jetzt habe ich wirklich etwas vergessen! Er ging aus dem Zimmer.

Wieland? fragte Frau Seidler. Nach einer Weile hellte sich ihr Gesicht auf. Ach, Wieland, das war ja schräg gegenüber. Ich habe mir einmal ein Kostüm machen lassen bei Wieland!

Ich wollte sagen, ich bin heute vorbeigegangen, fuhr Huemer fort, aber daß Ihr hübsches kleines Zimmer dort war, auf dem Spittelanger, ist mir auch nicht sofort eingefallen. Bei all den Geschäften habe ich mich erinnert, was ich für die Leute gezeichnet habe. Bei dem Schaufenster der Hutmacherin zum Beispiel: für sie habe ich doch eine Menge gearbeitet. Und ich sollte ihr, glaube ich, Malstunden geben.

Ich weiß, ich war eifersüchtig.

Daran erinnere ich mich nicht mehr. Aber das Haus drüben kann ich mir jetzt genau vorstellen.

Ich erinnere mich immer an alles, sagte Frau Seidler. Aber nicht, als hätte ich es erlebt, sondern als hätte es mir jemand erzählt von mir.

Sie blickte ein wenig verlegen, das machte sie jünger, als sie war. Sie sah noch immer glatt und frisch aus, und in ihrer Anstrengung zur Konvention, mit der sie sich erhielt, hatte sie sich sogar Züge des mädchenhaften Wesens von einst bewahrt. Ihr Haar war nachgefärbt, aber unauffällig, zu einem weichen Blond, das nicht als Farbe wirkte; es machte einen Schein um das Gesicht, stofflose und doch sinnliche Helligkeit. Auch ihre

Haut hatte diesen Schein, als ob sich die Luft an ihr sinnlich verflüssige; das verwischte die härter gewordenen Züge. Sie war schlank geblieben und konnte es sich leisten, ein Kleid mit breiten Streifen zu tragen, dunkelrosa und weiß; in den Farben setzte sich wieder der Schein ihres Gesichts um. Sie hatte schöne Hände. Nur ihrer Stimme fehlte der Glanz, sie klang gebrochen kläglich, wie das Gru der Hühner; die Stimme eines Vogels, der nicht flog, sondern auf der Erde pickte.

Nachher ist es mir eingefallen, sagte Huemer, das Haus, der Balkon und das Zimmer dahinter.

Ich habe damals nicht mehr lange dort gewohnt. Aber das wissen Sie ja!

Huemer schwieg. Sie sagte: Aber davon wollen wir nicht sprechen. Wie komme ich nur darauf? Durch Ihren Mantel. Durch Wieland. Mein Kostüm damals von Wieland ...

Sie stockte. Plötzlich, in lautlosem Stillehalten, traten ihr Tränen in die Augen. Entschuldige, es ist dumm, aber das Kostüm hängt noch da drin im Schrank. Und wenn ich es anziehe, manchmal ziehe ich es zum Einkaufen an.

Früher habe ich nie nachgedacht, sagte Huemer. Jetzt weiß ich, ich war undankbar.

Nein, du warst nur sehr jung. Ich war damals viel älter als du, um mehr als die vier Jahre. Jetzt sind wir vielleicht gleich alt.

Vielleicht bin jetzt ich älter, sagte Huemer, ich kann alles besser sehen als damals. Übrigens stimmt es nicht, daß es nur so ist, als hätte man es erzählt bekommen. Ich erkenne zum Beispiel das hier wieder. – Er zeigte auf den grauen Streifen, der quer über den Teppich lief. – Hier, dieses Muster, wo die Farbe ausgeblieben ist. Vorhin bist du drüber gegangen, da habe ich etwas ganz Bestimmtes gesehen.

Frau Seidler lachte. Ich bin doch abergläubisch, das weißt du. Und eine Zeitlang bin ich über diesen Streifen immer hinweggesprungen.

Aber das machst du jetzt noch!

Sie leugnete es ab. Nein!

Ich habe es doch gesehen, sagte Huemer, ich habe mich sofort dran erinnert.

Nein, ich bin nicht dieselbe!

Sicher nicht. Nur das andere ...

Welches andere?

Wie du dann hin- und hergingst und dich nicht setzen wolltest, ehe nicht der Tee fertig war ...

Sie sah ihn an. Er sagte: Das warst du früher nicht. Ich frag mich jetzt, wie du geworden wärest, wenn wir geheiratet hätten. Und wie das überhaupt geworden wäre. Damals habe ich nichts gedacht. Aber vielleicht wäre es gut gegangen?

Frau Seidler zögerte eine Weile zu antworten, dann sagte sie: Nein, es wäre nicht gut gegangen.

Du warst nämlich nicht bloß jung. Undankbar auch nicht. Aber etwas anderes warst du: nicht wirklich da. Verzeih, ich kann es nur so sagen. Ich weiß doch noch, du wolltest eigentlich immer nur weg. Etwas anderes wolltest du gar nicht. Ich bin mir damals vorgekommen wie ein Punkt, den du nur zu diesem Zweck wahrgenommen hast, damit du diese Bewegung machen konntest: weg.

Vielleicht hätte ich mich geändert?

Nein, du machst es auch jetzt noch so!

Aber ich meine, bei dir – vielleicht hätte ich mich bei dir geändert!

Sie schüttelte den Kopf. Es wäre nicht gut gegangen. Und ich will dir sagen: ich bin erschrocken, wie du gekommen bist vorhin, mit dieser Tasche da, und deinem Mantel, und dann: Wieland, und dann: von einer Reise. Aber lieber wolltest du doch baden gehen. Verstehst du mich, als wärest du gar nicht gekommen, und du bist auch jetzt nicht da. Vielleicht war es auf deiner Reise anders, ich will dich nicht fragen!

Augenscheinlich wollte sie doch gefragt haben, und Huemer überlegte, was er erzählen konnte. Aber da waren im Vorzimmer Seidlers Schritte zu hören, und er sagte schnell: Ich weiß nicht, woher das kommt, dieser Augenblick, daß ich immer, und von allem, weg will, weg muß, einfach weglaufe, weil ich sonst nicht atmen kann!

Frau Seidler sah ihn an. Leute wie du sollten nie heiraten!

Aber ich will doch einen Menschen haben!

Da muß man sich um einen Menschen auch kümmern!

Und Seidler tut es?

Ja. Du wirst staunen – aber er tut es. Ich weiß, er ist kein großartiger Held, und ihr habt euch ja auch gewundert, daß ich bei ihm geblieben bin. Aber er tut es, er ist der beste Mann, den ich kenne!

Seidler kam mit den Blumen, den Schwertlilien; er hatte eine Vase gesucht, die Stengel geschnitten; das Wasser tropfte von seinen Händen. Die Vase paßte nicht ganz, und gleich nachher fand Frau Seidler eine andere, die besser paßte. Aber in dem Augenblick galt das nicht. Seidler stand unter der Tür, ein wenig gebückt mit nach vorn gezogenen Schultern. Er hielt sich nie straff genug, und Frau Seidler pflegte es ihm auszusetzen, und war es doch schon müde geworden, immer dasselbe zu sagen. Er hatte auch die schwarze Mütze nicht abgelegt; und war ihm eigentlich bewußt, daß er nicht einmal an diesem Tag Zeit gefunden hatte, sich zu rasieren – als er es hatte tun wollen, war ihm ein Einfall für seine Arbeit gekommen, da hatte er vergessen, daß es feste kleine Vorgänge gab, die man einhalten mußte, wenn das Leben mit einem andern Menschen erträglich sein sollte; er hatte den Einfall aufschreiben müssen und nicht gemerkt, wie die Frau neben ihm ihren Herzschlag dransetzte, und wie schwer er es ihr wieder machte, heute wie gestern und jeden Tag. Aber dies hatte er sich gemerkt: die Blumen.

Ich weiß doch, daß du sie magst, vor ein paar Tagen habe ich sie in der Au drunten entdeckt, und ich hatte nur Angst, daß sie abblühen!

Er wandte sich ihr zu, noch immer armselig die Schultern vorgezogen, gebückt, in schlechter Haltung, und machte es ihr schwer. Aber nun ging sie auf ihn zu und küßte ihn auf beide Wangen.

Huemer stand dabei, er sah auf das ungleiche Paar, er ging leise über den Teppich. Vor dem grauen Streifen stockte er, dann ging er in die Ecke und nahm seine Tasche auf. Frau Seidler hing am Arm ihres Mannes, ihre schöne Hand lag weich in der seinen, sie sah aufmerksam auf Huemer und nickte ihm zu. Er sagte: Ich habe schon gratuliert, und jetzt muß ich gehen!

Aber Seidler wollte davon nichts wissen. Sie haben doch noch Zeit, rief er, und außerdem – ich wollte Ihnen noch etwas zeigen!

Er machte sich von seiner Frau los. So löste sich das Paar voneinander, aber nur für eine Weile, während der Frau Seidler die Vase auf den Tisch setzte, und dann auf einen andern Platz; und zuletzt, nach Hin- und Hergehen, die neue Vase fand, von der sie schon längst gewußt hatte, daß es die richtige war. Nur sollte Seidler es nicht merken. Aber er gab nicht acht. Er kramte in seinen Papieren, und anders als seine Frau, fand er nicht, was er suchte. Es muß hier dabei sein, sagte er, und schade, jetzt fiele mir auch ein, wie ich die Sache formuliere – wenn ich mich nicht scheue, es einfach so zu sagen ...

Er setzte dazu an. Aber Huemer konnte nicht länger warten. Es war sechs. Sie haben noch lange Zeit, beschwor ihn Seidler. Nein, ich bin jetzt schon unruhig, sagte Huemer, es geht mir leider immer so, wenn ich wegfahren soll!

Dann wollen wir ihn doch gehen lassen, sagte Frau Seidler – aber wir begleiten Sie ein Stück, wandte sie sich an Huemer, wir zeigen Ihnen unsere Abkürzung!

Sie trat zu ihrem Mann. Sie nahm seinen Arm wieder und ließ ihn nun nicht mehr los. Der Weg führte das Haus entlang, er bog ab und schlängelte sich zwischen Laubgewinden durch den Garten. Dann kam die Abkürzung: das Kopfsteinpflaster, das nach Seidlers Worten ›die Gasse‹ hieß, und zuletzt das blicklose Haus, das kein Haus war. Die beiden gingen nebeneinander. Huemer ging außen. Wie nennen Sie das hier? sagte er zu Frau Seidler, Sie sagen ›das Ende der Welt‹?

Ich habe ihm davon erzählt, erklärte Seidler, du sagst doch immer so, weil du dich fürchtest. Warum fürchtest du dich?

Aber sie waren schon angekommen. An der Pforte in der Mauer blieb Frau Seidler stehen. Kommen Sie gut nach Hause, sagte sie. Und kommen Sie wieder, sagte Seidler, und geben Sie auf der Wiese acht, da sind Löcher! – Die Fürsorge rührte Huemer, er sah auf Frau Seidler, sie begegnete ihm mit einem raschen Blick. Danke, sagte er. Dann trat er durch die Pforte. Er sah den leeren Himmel und darunter die steile Wiese und die Sandgrube. Er lief ohne Weg über den Abhang. Und hinter einem Grasbüschel stolperte er nun auch einmal, die Tasche entglitt ihm, eben noch konnte er sie auffangen. Dann nahm ihn ein Fußsteig auf. An dieser Stelle drehte er sich um. Die beiden standen noch oben, sie winkten ihm zu, unkenntlich schon die Gesichter, nur die Gestalten, Arm in Arm, in der Sonnenblendung noch deutlich, und nun traten sie zurück. Huemer war wieder allein. Er blieb stehen, setzte sich die Tasche aufs Knie und richtete den Mantel, der bei dem Stoß zuvor unter dem Riemen verrutscht war. Als er weiterging, spürte er die Hitze wieder.

10

Die Straße am Ufer war damals noch nicht umgelegt auf ihre neue Trasse, wovon man seither in unserer Stadt so viel Aufhebens gemacht hat, als würde dadurch etwas großstädtisch in ihr; dabei wurde nur die Einfahrt geändert, wo es seit Jahr und Tag Unfälle gab: die Häuser an der Schifflände kamen weg; und draußen, zwischen Zell und Pichling entstand ein Stück ohne Kurven; nun wurden die Unfälle weniger. Aber man konnte davon so reden, es gab diese feststehenden Redensarten, die auch in unserer Gesellschaft eins dem andern vom Munde nahm, und mit denen man ausdrückte, wie tüchtig und ordentlich man in der Welt sei; man leistete etwas und war etwas, und frühstückte im Café und fühlte sich verantwortlich für das Gemeinwesen. Besonders Reitsammer tat sich mit diesem Bewußtsein hervor, er hatte als Bezirkshauptmann, dem das schon ländliche Gebiet draußen in Zell unterstand, bei der Eröffnung der neuen Strecke eine Rede gehalten; aber auch Direktor Fattinger, seit er sich wieder in die Höhe schwang dank dem Kühlhaus im Hafen, sprach von der Notwendigkeit verbesserter Verkehrswege, er führte die Worte ›Kühlhauskette‹ und ›Verbraucherrelais‹ in die Unterhaltung ein, damit meinte er raschen Umschlag und rasche Verbindung. Dr. Etzel sah auf den Fortschritt nicht so unbedingt zuversichtlich, er war froh, sein Sprachstundengeld zu verdienen, und notierte sich Fattingers Wortprägungen als Beispiele eines neuen Idioms. Darin verstand er sich mit Frau Perutka; neu wird bald alt, sagten die beiden, und stießen miteinander an. Aber wenn sich der Kantinenwirt im Schloß einmischte, mußten sie es über sich ergehen lassen; nicht umsonst war der Schwiegersohn Glaser ein aufmerksamer Gastgeber, er hing am Ohr seiner Gäste und wiederholte ihnen dann wie aus einer Konserve ihre Meinungen. Bis zum Überdrusse war das Wohlbehagen an der Welt, die gute Situiertheit, in solchen Reden, wie: diese alte Straße am Fluß war ein Anachronismus, nichts an ihr war grade, die Fahrbahn gesattelt, drei Mal Kreuzung mit der Schiene auf der kurzen Strecke, eine Schlangenlinie, keine Straße, ein vorsintflutlicher Zustand, eine Straße für Pferdewagen gebaut, und wir fahren mit Flugzeugen auf ihr; es klang bildhaft, prägte sich ein. Als Huemer seine Geschichte erzählte, rief sie den Zuhörern diese Erinnerung herauf, Erinnerung nicht an den Zustand, sondern an den Kommentar; und sooft er zu dem Kapitel seiner Heimfahrt auf der Uferstraße kam, war jemand da, der ihn unterbrach und ihn mit einer dieser Redensarten bestätigte: aber jetzt war das vorbei, dieser Anachronismus! Einmal antwortete

Huemer: Genau das meine ich! Aber mir kam es so vor, als meinte er noch etwas anderes, Besonderes; ich dachte an die Uhren, die verschieden gingen, und an den stillen Sonntag in der Stadt, in die er nun wieder zurückkehrte.

Der Strom zog vorbei mit den blaßgrünen winzigen Verschiebungen von Wirbelrändern auf seiner glatten Haut, eine gespannte Bewegung, in der sich nur an der Oberfläche etwas rieb mit Aufhellungen zu Mergelfarbe hier und plötzlicher Öffnung zu dunklerem Spiegel dort; und in den Weiden zwischen Damm und Straße regte sich kaum merkbar die Luftströmung, die in dem Windkanal des Flußbettes immer über dem Wasser zog, von seinem grünen Wiesenanfang her bis nach Asien, ein leichtes Rühren in den Blätterzungen, die davon ihre untere Seite öffneten, blaßgrün, silbrig aufgeweht in der Farbe des Stroms; und herüben dann ging die Pferdewagenstraße in derselben Schilf- und Wasserfarbe: mit den Staubrändern, dem kleingemahlenen Schotter, den Schlaglöchern, ausgegossen mit glattem Asphalt, den vertrockneten Pfützen mit dem Milchschein der gepreßten Schlammhaut. Und nichts an ihr grade, Huemer hatte nur das kurze Stück vorzugehen bis an die Haltestelle, er sah sie schon: das dicke weiße ›H‹ auf dem Haltschild, das geteerte Bretterhäuschen unter der Dachpappe; aber dann verschwand das

Bild wieder hinter einer Kurve, die Straße bog um eine Wiesenstirn, tauchte in Weidenschatten, erst zuletzt lief sie neben den Geleisen.

Er blieb an dem Wartehäuschen stehen, dann ging er zwischen ihm und dem Signal Halt auf und ab. Es war eine Gewohnheit, er wartete auf den Zug, da ging er auf diese Weise auf und ab: mit ziemlich schnellen Schritten und Kehrtwendung jedesmal an derselben Stelle; die Bewegung drückte nicht Ungeduld aus, sondern Gewißheit: der Zug würde kommen, halten, man stieg ein. Das war schon Gegenwart, wirklicher als die scheinbare Gegenwart der für das Auge noch leeren Geleise. Die Zeit, bis der Zug sichtbar wurde, war nicht unübersichtlich, sie floß wie der graue Strom gleichmäßig schnell herein, und wenn der bestimmte Augenblick kam, ging man vor auf dem Strom, und dann sanken die Füße nicht ein.

Huemer hörte, wie immer, wenn er von Menschen kam, noch die gesprochenen Worte, – aber Sie haben noch Zeit, und: kommen Sie gut nachhause! Dann: Verstehst du mich, als wärest du gar nicht gekommen, du bist auch gar nicht da. Er sah die blauen Augen, die sich mit Tränen füllten, die schönen Hände, er konnte sich an nichts mehr von diesem Körper erinnern.

Auf einmal trafen ihn andere Worte: Wollen Sie auch in die Stadt? Er schrak zusammen, er hatte die Frau zuvor nicht gesehen, er war jedesmal nur bis an das Wartehäuschen gegangen, nun erst sah er, woher sie kam: sie hatte innen im Schatten auf der Bank gesessen, er sah das rohe Holzbrett, den Boden, der Lehm war; auf dem weichen Untergrund drückten sich die Stöckel der Schuhe ein, weiter oben hatten sie einen Schmutzrand. Die Frau trug ein schwarzes Kleid und schwarze Strümpfe, sie stand an dem Schattenrand, den von oben das Dach machte. Das Kleid hatte lange Ärmel, war am Hals geschlossen, der Frau war heiß gewesen, sie hatte sich unter das Dach gesetzt, um im Schatten zu warten. Nun war sie herausgegangen. Huemer sagte: Ich habe gar nicht gewußt, daß da noch jemand wartet! Die Frau sagte: Ich warte schon seit einer halben Stunde! Huemer sagte: Der Zug muß gleich kommen! Sie sagte: Ich glaube, da können wir noch lange warten! Huemer erinnerte sich an die Auskunft des Schaffners auf der Herfahrt: was glauben Sie, der Zug wird überfüllt sein, hoffentlich kommen Sie noch mit! Da sagte es auch die Frau: Hoffentlich kommen wir überhaupt mit!

Die Reden kamen nicht schnell hintereinander, sondern mit Pausen dazwischen, die Frau stand am Schattenrand und bohrte mit dem Stöckel im

Lehm, dabei drehte sie sich langsam herum, als wolle sie nicht zugeben, daß sie auf die Geleise vorspähte. Das schwarze Kleid war ihr zu eng, es war kleinlich gefältelt und genäht, ein Kleid, wie es auf dem Dorf gemacht wird, oder vielleicht hatte sie sichs ausgeliehen, wenn es ein Trauerkleid war. Aber auch Flüchtlinge gingen manchmal in schwarz, oder Kellnerinnen trugen solche Strümpfe. Sie schob sich aus der Drehung zurück, zog sich den Gürtel zurecht und trat in den Schatten, als wolle sie sich noch einmal hinsetzen. Huemer sah nun auch ihr Gesicht: sie sah jung aus, nur die Sonne hatte sie älter gemacht und es ihr genommen, es kam erst im Schatten heraus, ein Kindergesicht. Aber sie war mindestens Ende zwanzig, das war von den Falten in ihren Augenwinkeln zu lesen. Kindlich waren in dem Gesicht nur die Formen: die runde Stirn, die kurze Nase, die dikken Wangen, das weich knospende Kinn. Außen auf ihm lag etwas Unkindliches: gelbe Haut, nackt und ölig glänzend, wie künstlich gespannt. Nach jedem Satz, den sie sagte, preßte sie den Mund eigensinnig zusammen, so daß in den Mundwinkeln kleine Kniffe entstanden; diese Grübchen, die in Abständen aufblinkten, gaben ihrem Gesicht einen komischen und mürrischen Zug. So blieb von dem ursprünglich Kindlichen in ihm nur, daß es klein war; und davon war die Frau auch im ganzen sonderbar klein. Anders nämlich als Leute, die über einem kleinen Körper einen Kopf und ein Gesicht in gewöhnlicher Größe haben, wirkte sie wie eine Verkleinerung von vornherein. Sie sah in dem schwarzen Kleid, das ihr, weil es zu eng war, wie eine Haut anlag, nicht plump aus, aber ihre kurzen runden Glieder gaben auch dem Körper etwas Künstliches, Zurechtgemachtes, Geschnelltes, als wäre er aus dichterem Stoff fest zusammengesetzt. Und freilich ging von ihr eine unbestimmte Aufreizung aus wie von Verdorbenheit, sie sah aus wie ein Mädchen, das noch unschuldig sein sollte, aber die Zeichen der Erfahrung herausfordernd zur Schau trägt.

Huemer stand in der Sonne, er sah in den Schatten, er sagte: Dann wollen Sie auch in die Stadt? Die Augen der Frau gingen unruhig hin und her, sie sahen an ihm vorbei. Plötzlich wandte sie sich ihm zu. Wir könnten ein Auto aufhalten! Sie trat wieder vor, in der Sonne verraschelte ihr Kleid wie graue Asche, sie zeigte auf die Straße. Wenn Sie sich da hinstellen?

Er wäre auf den Gedanken nicht gekommen, es war auch die ganze Zeit über kein Auto gefahren, und die Vorstellung, daß er hier in eins einsteigen sollte, unterbrach ihm nur den Fluß der Zeit, der sich ihm mit andern Vorstellungen schon erfüllt hatte: Hin- und Hergehen, und er sah dabei auf den Strom, der hinabzog, und er konnte noch lange so gehen, mochte der Zug auch nicht so bald kommen – es beunruhigte ihn nicht, er war selber in Bewegung, kam an dem Schachtelhalm vorbei, und an dem Laub, das sich immerzu rührte, und an einer Stelle, wo unten, vom Damm herauf, der Strom stärker aufrauschte. In dieser andern Bewegung, die das Wasser machte, bildete sich der kleine Wirbel in jedem Augenblicke aus neuem Stoff, und er heroben machte dasselbe mit seinen Schritten. Er zählte sie nicht, aber sie zählten etwas mit, das sonst unkenntlich gewesen wäre, und zählen hieß hier auch schon erzählen. Dies war der Grund, warum er nicht stillstand, sondern auf- und abging: die Schritte machten ihm die Zeit wirklich, sie erzählten ihm, wie sie verging. Und wenn dann der Zug kam, setzte sich die Erzählung nur in einer andern Stimme fort. Der Zug kam vorausberechnet, ob er nun pünktlich war oder nicht. Ein Auto kam unberechnet, es war Unterbrechung. Aber nun brauchte er nicht einmal zu antworten, er hörte ein Geräusch, die Frau rief: Da kommt schon eins! und ehe ihm ihr Zuruf einging und er sich rührte, stürzte sie schon selber vor an die Straße, und dort begnügte sie sich nicht damit, zu winken, sie rannte mitten auf die Fahrbahn, das Auto kam heran, bremste und blieb stehen. Nehmen Sie uns mit? rief die Frau. Wieviele? fragte der Mann am Steuer. Wir sind zwei, antwortete sie und zeigte auf Huemer, als gehöre er zu ihr.

Er war in dem Augenblick nicht sicher, ob der Fahrer sie mitnehmen werde, der Fahrer sagte: Zwei, ob das geht, da müßte jemand hinten hinauf! Die Frau sagte: Aber ja, das geht schon! Huemer sagte: Ich kann doch auch mit dem Zug fahren! Der Fahrer fragte: Gehören Sie zusammen? Die Frau sagte: Nein, aber er will auch in die Stadt! Huemer wollte sich nicht wegbringen lassen von seinem Ort und sich auch nicht nötigen lassen von der Frau, die ihm nicht gefiel, und so sonderbar darauf aus war, daß er bei ihr bliebe, und schon gar nicht wollte er mit diesem Auto fahren. Es war ein laut krachender Kasten, eins der Autos, die man ›selbstgebastelt‹ nennt, ein offener Wagen, zusammengebaut aus allerlei Bestandteilen verschiedener Herkunft. Vorn war eine Sitzbank, neben dem Fahrer hatte noch eine Person Platz. Die zweite mußte nach hinten in eine Blechwanne, dort waren keine Sitze. Der Fahrer mochte Mitte Dreißig sein, er trug ein dunkelblaues Hemd aus Kunstseide mit kurzen Ärmeln, dazu Hosenträger, er sah nicht aus wie ein Bauer und, für den Sonntagnachmittag, an dem sich die Leute besser anzogen, auch nicht wie ein Städter, es war auffällig, daß ein Mann in solchem Aufzug, als ginge er eben hinters Haus, mit einem Auto fuhr. Er hatte es vielleicht eilig gehabt, schon beim Wegfahren, aber welches Geschäft konnte ein Mann, der so aussah, betreiben? Er hatte eine kurze dicke Haarbürste, die ihm tief in den Nacken ging, auch seine Hände waren behaart, er trug eine altmodische Brille mit länglichen, goldgeränderten Gläsern. Wollen Sie nun mit oder nicht? sagte er zu Huemer; er war ungeduldig, er hatte die Hände am Lenkrad. Aber natürlich – steigen Sie doch schon auf! sagte die Frau. Sie setzte sich vorne hin, da stieg auch Huemer ein, er kletterte von hinten über den blau gestrichenen Rand in die blecherne Wanne. Er hielt dabei die Tasche frei in der Luft und gab acht, daß der Mantel nicht schmutzig wurde bei dem Herüberstreifen, und vielleicht war überhaupt das der Grund, warum er es scheute, mit diesem Auto zu fahren: solange hatte er den Mantel bei sich gehabt, auf der ganzen Reise hatte er ihn nicht gebraucht, es war ihm gelungen, ihn sauber zu halten, es hätte ihm leid getan, wenn jetzt zuletzt auf den Mantel ein Fleckchen gekommen wäre. Er wollte sich vorsehen, er zog die Tasche an sich und behielt sie fest in der Hand.

Der Mann hatte den Motor nicht abgestellt. Alles fertig? fragte er. Aber dann drehte er sich noch einmal halb herum und sagte: Ich fahre ziemlich schnell! Wenn Ihnen das nichts ausmacht – sonst steigen Sie lieber aus! – Es war nicht zu erkennen, ob er die Worte ernst meinte, und wenn sie Ernst waren, ob er es eilig hatte oder nur aus Übermut schnell fuhr – und er hielt es nicht für der Mühe wert, sich zu erklären. Die Frau vorne sagte: Jetzt sind wir schon drin! – Ich mache Sie auch nur aufmerksam, sagte der Mann. Und Sie? – er wandte den Kopf zurück zu Huemer. Einen Augenblick, bitte, sagte Huemer. Er hatte keinen bequemen Platz, in der öligen Wanne konnte er sich nicht setzen, er mußte sich niederkauern. Und er sah voraus, er würde, wenn der Mann schnell fuhr, die Hände nicht frei haben, er würde sich an der Kante der Sitzbank vorne festhalten müssen. Die Tasche würde er hinstellen müssen, sie würde schmutzig werden, bei der Tasche machte es ihm nichts aus, aber den Mantel wollte er schonen. Er zog ihn aus dem Riemen und reichte ihn nach vorn, wo die Frau saß. Können Sie mir den Mantel halten? – Geben Sie nur her! sagte sie. Er schob ihr den Mantel über die Kante zu, sie nahm ihn auf den Schoß.

So lange hatte der Mann gewartet, nun fuhr er. Zunächst sah es nicht so aus, als wolle er besonders schnell fahren, aber das lag an dem Motor, nach einer Weile erst zog er richtig an. Bald mußte sich Huemer festhalten. Schon hinter der Kurve, an der er über die Wiese heruntergekommen war, sprang die Nadel am Tachometer auf den äußersten Ausschlag, dann fiel sie wieder zurück. Er zeigt nicht richtig, er fährt schneller, als er anzeigt, sagte der Mann. Huemers Blicke auf die kleine Uhr entgingen ihm nicht. Aber Sie merken doch wohl, wie er fährt, setzte er hinzu. Danke, ich merke es, antwortete Huemer. Der Mann gab ihm einen gekränkten Blick, als enttäusche ihn die ruhige Antwort. Aber Huemer zeigte absichtlich Ruhe, obwohl ihm allmählich angst wurde bei diesem Fahren: der Mann blickte starr geradeaus, der Umriß seines Gesichts mit den bohrenden Augen hinter dem Goldblitz der Brille zitterte in der Windschutzscheibe, er schien schnell zu fahren nicht aus Eile oder bloßer Lust, und auch nicht, um zu zeigen, was der Wagen leisten konnte, sondern in einer Art Wahn, als bemerke er es gar nicht und müsse es sich sagen lassen; fahre ich jetzt schnell? fragte er ein paar Mal wie jemand, der von seinen eigenen Handlungen nichts weiß, sie nur aus Worten kennt, und darauf angewiesen ist, daß man sie ihm erzählt, dann erst hält er sie für wahr. Das alles ging in Augenblicken vor sich, und daß es nicht Täuschung war, darauf mußte sich auch Huemer erst besinnen, es war so schnell gekommen, statt Warten Bewegung, die grüne Wiese flutete ihm in die Augen, der Strom drehte sich im Kreise zurück, das Ufer drüben zog langsam voran. In dem dunklen Spiegel der Windschutzscheibe schob sich alles quer herein, und diese Bewegung der Bilder, die sich mit der Bewegung des Wagens kreuzte, schien den Mann am Steuer unsicher zu machen, er wischte mit der Hand über die Scheibe, es ist Staub, sagte er, Sie glauben nicht, wie das stört, wenn man so schnell fährt! Huemer sah keinen Staub, aber er zog sein Taschentuch, stemmte sich mit dem Arm nach vorn und wischte mit der freien Hand über die Scheibe. Jetzt sehe ich wieder besser, sagte der Mann. Fleckige Schatten, die von einem vorüberstürmenden Laubdach fielen, verdeckten in der Scheibe sein gespiegeltes Gesicht, dann tauchte es wieder auf. Die Augen in dem Spiegelbild hefteten sich auf Huemer, so wie sie in der Wirklichkeit umgekehrt ihn in dem Glas erblickten. Man kann sich schlecht unterhalten, wenn man so schnell fährt, sagte der Mann. Huemer sagte: Ja, jetzt sind wir sehr schnell! In den Augen des Mannes ließ die Spannung nach, sie blickten wieder auf das Band der Straße, das der Wagen verschlang.

Huemer fuhr die Strecke zum ersten Mal mit dem Auto, er kannte sie so noch nicht, daß die Bilder, kaum daß sie auftauchten, wieder hinabrauschten, und weil er so lange auf den Mann hatte sehen müssen, bis der endlich ruhig geworden war, hatte er die Hälfte versäumt; ein Warnschild kam, es zeigte einen Bahnübergang an, hinter ihm begann schon die Stadt. Sie rückte herauf mit der bebauten Uferzeile und dem von Häusern besetzten Hang, aber das ging so rasch, daß dieser Anfang auch schon wieder vorüber war, als kämen die Dinge zur Sprache nur als Zeichen ihrer selbst, zuerst Laub, dann Hauswände; nicht wie es wirklich war: Bäume, von denen einer der letzte war, und Häuser, die sich einzeln vorschoben. Auf einmal war auch der Strom verschwunden, das war an der Stelle der zweiten Bahnkreuzung; Pflaster kam, eine kleine Steigung, die vom Ufer wegführte, der Wagen schlug über Holpern. Huemer, der die Hände locker gelassen hatte, mußte wieder zufassen. Er kauerte hinter dem Rand der Blechwanne, mit dem linken Ellbogen stieß er an den Rücken des Mannes, mit dem rechten rührte er an die Frau; sie hatte die ganze Zeit geschwiegen und sich auch nicht umgedreht. Der Mann fuhr nicht langsamer, der Wagen flog in die unübersichtlichen Kurven, die Straße war leer. Sie ging nun eine Strecke gerade, nach den Häuserfluchten kamen Lagerplätze, dort kreuzte die Bahn ein drittes Mal, dahinter begann das dichtere Netz der Stadt. Huemer sah auf diese letzte Kreuzung voraus; sie war noch fern, ein undeutliches Gekräusel hinter Drähten und Schildern – als die Frau vorne sich plötzlich umdrehte:

Wir sind gleich da! Wir müssen ihm sagen, wo er halten soll!

Der Wagen knatterte durch die helle gerade Straße, in deren Fenstern, von einem zum andern, die Sonne dahinglitt. Sie stand noch immer hoch und vergoldete die Staubbänder, die von den Nebenstraßen hereinfielen; die stockende unbewegte Luft hing vor den Mauern wie ein sichtbar gesponnener Körper. Immer wieder, wie ein neuer Einschlag in einem Netz, kam eine solche Nebenstraße als leere Öffnung, ohne Menschen; nichts in der Stadt hatte sich verändert. Auf einmal kam Teergeruch; die Zäune vor den Lagerplätzen, braun gestrichen, schnurrten mit ihrem Lichter- und Schattenspiel vorüber. Huemer sah das flimmernde Bild; er sah das andere Bild: die Wohnung, in die er nun zurückkehren sollte, in der niemand war – auch in ihr hatte sich nichts verändert. Er sah ein drittes, ihm angenehmeres Bild: das Café Schmiedtor mit Zeitungen und Bekannten. Sollte er sich dort absetzen lassen? Er beugte sich vor und wandte sich an die Frau: Wo müssen Sie aussteigen? – Statt ihrer redete der Mann, er verkündete etwas, ähnlich anspruchsvoll, wie er zuvor verkündet hatte, daß er schnell fahren werde:

Also ich muß ins Café Ortlieb, aber wenn Sie wollen, kann ich Sie irgendwo zuvor absetzen!

Als Huemer hörte, daß der Mann in ein Café

wollte, wunderte er sich. Er kannte das Ortlieb, es lag nicht weit von Herrn Wielands Geschäft, am oberen Ende des Spittelangers. Es galt nicht als erstes Café, das war es früher einmal gewesen, immerhin hatte Huemer dort noch nie jemanden gesehen, der in Hemdsärmeln und Hosenträgern erschienen war. Aber noch mehr wunderte er sich nun über die Antwort der Frau:

Wo ich aussteigen soll! Mir würde es beim Ortlieb passen – ich muß in die Sandgasse!

Huemer sah eine rote Flagge, sie waren vor den Bahnübergang gekommen. Ein Eisenbahner schwenkte die Flagge, die braune Wand eines Güterwagens schob sich quer in die Straße. Der Mann trat auf die Bremse, der Wagen stand eine Handbreit vor den Geleisen. Huemer hatte den Stoß empfangen, nun ging ihm die Antwort der Frau vom Ohr in den Verstand. Er sagte: In die Sandgasse? Aber das ist ja beinahe meine Straße! Ich wohne um die Ecke, in der Klosterstraße, hinter der Schule!

Haben Sie bemerkt, wie er bremst? fragte der Fahrer. Seine Augen glitzerten. Huemer antwortete ihm nicht. Er sagte: Aber ich habe Sie nie gesehen? – Ich Sie auch nicht, sagte die Frau. Der Fahrer nahm den Fuß von der Bremse, er hörte jetzt erst zu. Wie heißt die Straße? – Die Frau sagte: Sandgasse, und der Herr sagt, er wohnt daneben! – Der Fahrer sagte: Da gehören Sie doch zusammen, und vorhin haben Sie gesagt, nein! – Die Frau warf ihm einen Blick zu, Huemer sah ihr Gesicht, es gefiel ihm so wenig wie zuvor mit seinen Kindlichkeit vortäuschenden Zügen. Er stellte sich vor, daß er mit der Frau dann durch die Straßen ginge, vom Ortlieb hatten sie denselben Weg. Es war eine Einladung der Umstände zum zweiten Mal, schon in das Auto hatte sie ihn gebracht, nun sollte sie ihn auch auf seinen Weg nach Hause bringen. Er wollte mit ihr nicht gehen. Der Zufall spielte mit, dies machte ihm noch einmal Abneigung gegen die Frau. Was hatte er mit ihr zu tun? Nichts – und er brauchte nur zu sagen, daß er am Schmiedtor aussteigen wolle, dann war dieses Band gelöst. Er sagte es, und nun entschloß er sich, in das Café dort zu gehen.

Am Schmiedtor darf ich nicht halten, sagte der Mann.

Dann weiter drinnen, wo Halten erlaubt ist!

Es war schwierig, den Ort festzulegen, weil der Mann während des Redens immer noch schnell fuhr und manchmal nicht zuhörte, und sie inzwischen auch in die belebtere Hauptstraße gekommen waren. Erst als sie vor der Brücke die Rampe hinauffuhren, ergab es sich für Huemer, daß der Mann an der Ecke beim Spittelanger halten wolle, die Frau konnte mitfahren bis zum Café Ortlieb, von dort hatte sie durch das Kapuzinerviertel nur ein paar Minuten zu gehen.

Der Wagen rollte auf die Brücke. Huemer war erleichtert. Er sah wieder vor sich, was geschehen würde. Zwar saß er noch mit diesen zwei Leuten im Auto, aber die Verstrickung war aufgehoben, der Zufall abgewiesen; die Frau, die ihm nicht gefiel, und der Mann, der so sonderbar fuhr, gingen ihn nichts mehr an, er würde aussteigen. Er sah voraus auf die Türme der Stadt, die drüben hinter der Wasserseite auftauchten; die verschiedenen Zeiten auf ihnen machten ihn nicht mehr irr, es war ungefähr Abend, und wenn er nun eine Weile aushielt im Schmiedtor, gleichgültig, ob er dort jemanden traf oder nicht, würde es ganz Abend werden, und dann konnte er in die Wohnung gehen und sich hinlegen und brauchte die Leere, die nur bis zu diesem Augenblick dauern würde, nicht mehr zu fürchten. Er sah auf den Strom, solange sie über die Brücke rollten. In seinem grauen Fließen war schon die Sicherheit: so wie er nicht aufhörte, würde auch die Zeit nicht aufhören, zu vergehen; sie würde ihn an den Punkt bringen, an dem er still sein konnte. Nicht mehr lange. Er spürte jetzt schon, als sie drüben ans Ufer kamen, die Stille. Die Hitze hatte nachgelassen, in den Häusern waren die Fenster geöffnet. Sie fuhren über den Platz, die Enge am Schmiedtor kam. In dem Winkel zwischen seinen Mauern standen die Tische des Cafés. Huemer sah die aufgespannten Schirme, den Kellner, der die Geldtasche zog und sich beflissen vorbeugte; bunte Blumen, farbigen Stoff von Kleidern, Gäste, die sich setzten; – und nun, als der Wagen um einen Häuserblock weiter vorne am Spittelanger hielt, hatte er das Bild noch vor Augen, wie er es gleich wiedersehen würde, wenn er das Stück zurückgegangen war. Er hatte es eilig, aus dem Wagen zu klettern, er griff nach seiner Tasche, mit der andern Hand stützte er sich auf den Rand der Blechwanne, mit einem Zwischentritt auf das Rad sprang er zu Boden. Noch etwas machte ihm Eile: der Mann am Steuer hatte sich geirrt, auch am Spittelanger war Halten verboten, das Verbot war neu, der Mann kannte es noch nicht, nun las er es von einem Schild und hörte es von einem Zeitungsverkäufer, der an der Mauer seinen Stand hatte und ihm zuwinkte vom Gehsteig her. Schnell, ich muß weiter, sagte der Mann, sonst muß ich noch Strafe zahlen! Und er fuhr los – Huemer hatte kaum den Fuß auf der Erde. Er rief ihm nach: Danke! Er sah die Frau, wie sie sich umdrehte, ihre Augen, die unruhig gingen, das kindliche Gesicht, die Kniffe in den Mundwinkeln – sie zuckten auf, dann wandte sie sich ab nach vorn, auch der Mann blickte voraus, er drehte das Lenkrad, der Wagen verschwand um die Ecke.

11

Der Zeitungsverkäufer trat auf Huemer zu. Nachrichten gefällig, sagte er. Bei einem Mann, der in die Stadt kam, hoffte er, eine Zeitung loszuwerden. Und Huemer nahm für den Augenblick die Rolle an, die der Verkäufer ihm zuschob. Sie war ihm geläufig von den vielen Malen, die er sonst ankam, wenn er von Weifening hereinfuhr am Wochenende und an einem Zeitungsstand aus der Elektrischen stieg. Auf das Land hinaus gelangten die Zeitungen wie Boten, die das gestern Geschehene verkünden; in der Stadt lagen sie frisch und neu in dicken Paketen, die nach Druckerschwärze rochen, als Botschaften des Jetzt und Hier an der Straßenecke. Mit ihnen rückten die Leute vom Lande, in denen es noch gestern war, herauf in die Gegenwart. Aber diesmal waren die Zeitungen für Huemer nicht neu. Er kannte die Überschriften schon von seiner Reise, er hatte sie vormittags gesehen bei dem Aufenthalt, als der Zug über die Grenze gekommen war, dann mittags während des Fahrens, dann nachmittags beim Aussteigen auf dem Bahnhof. Es war noch immer derselbe Tag – wo er ankam und die Zeitungen sah, war er schon einmal gewesen, er war nicht weitergerückt von diesem Augenblick Ankommens; und jetzt war es Abend, und er stand auf der Straße: es war ein vergangener Augenblick. Er zog die Hand von den Zeitungen zurück, der Verkäufer zuckte die Achseln und trat an die Mauer. Huemer ging weiter. Er kam zum Café Schmiedtor, da geschah ihm dort dasselbe: er sah den Kellner, der die große Brieftasche aufklappte; er hatte die Bewegung an ihm vorhin schon gesehen, als sie im Auto vorübergefahren waren, und auch am Nachmittag; nur die Sonne fiel unter einem andern Winkel ein. Aber sonst war kein Unterschied: die Stühle standen hinter dem Efeu, der sich aus schmalen Kistchen emporrankte, immer standen sie so da, Stühle mit eisernen kleinen Füßen ähnlich Saugnäpfen und mit eisernen spiraligen Lehnen, weiß gestrichen, glatt anzufassen, und die Tische aus Brettchen zusammengesetzt, lackglänzend wie Stücke Verdecks von einem Schiff. Wieder machte der Kellner diese Bewegung: er holte die Brieftasche aus den Frackschößen und klappte sie auf, dabei wurde seine weiße Manschette sichtbar. Ein Herr in grauem Anzug, hochgewachsen, blaß, mit Brille, ging zwischen den Tischen und verbeugte sich vor den Gästen, es war der Geschäftsführer. Früher einmal war er der Kellner gewesen, Huemer kannte ihn so lange und sah an ihm noch immer die andere Bewegung mit der Geldtasche, und vor Jahren einmal hatte er zu Huemer darüber gesprochen: der Sack innen in den Frackschößen war aus

Leder wegen der vielen schweren Geldstücke, der Frack war ein Kellnerfrack, aber er wurde nicht beigestellt vom Betrieb, jeder Angestellte mußte sich ihn selber anschaffen. Es war ein Herbsttag, und ein Kastanienblatt lag auf dem Tischchen. Huemer wartete auf jemanden: auf Alix Wrann; er wartete auf den Unterschied auch in dieser Erinnerung: es war Frau Seidler, die herankam. Sie trug ein graugemustertes Wollkostüm, von Wieland geschneidert. Das gelbe Laub rieselte, die Uhren schlugen, die Gesichter wechselten. Der Kellner, der die Bewegung mit der Brieftasche machte, war noch nicht da, der Herr im grauen Anzug war Kellner, er verbeugte sich vor Frau Sabotin, die mit einer Reisetasche das Caféhaus betrat. Der Wind blies, das Meer des Tertiärs wogte in die Stadt, ein Schiff kam, um Frau Sabotin abzuholen. Sie ging an Bord; aber Frau Seidler mußte auf die Bühne, sie hatte ihr Fach am städtischen Theater noch nicht abgegeben. Das Schiff zog als Schwan zwischen die Kulissen, zusammen mit Frau Seidler winkte Frau Sabotin aus dem Abgrund des weichen Gefieders. Das Klima wechselte, das Meer ging zurück, Pannonien trat aus der Flut, die Flora veränderte sich. Der Efeu wurde auf Blumendraht aus Kisten gezogen, die Stadt wurde eine Provinzstadt. Herr Seidler schrieb darüber einen Aufsatz. Er schrieb neuerdings im Café, hier kamen ihm

Gedanken: das Stückchen Schiffsdeck war geblieben, Blumendraht, eine Erinnerung an früher.

Ein Herbsttag wieder, Huemer wartete auf seine Frau, sie kam zur Tür herein, sie winkte ihm mit den Augen schon zu. Ein Frühlingstag, knospendes Laub erst, er sah sich selber hereinkommen, eine Frau mit verwischtem Gesicht ging hinter ihm. Sie kam mit einer Schiffskarte, sie war über den Ozean gefahren. Der Kellner war endlich Geschäftsführer geworden, er begrüßte sie. – Sie waren lange nicht hier! – Achtzehn Jahre! – Es ist mir schon aufgefallen, sagte der Geschäftsführer, aber hier, bitte, ist Ihr alter Platz! – Hatten Sie einmal gesperrt? fragte Frau Sabotin. – Nicht der Rede wert, sagte der Geschäftsführer, Fronleichnam haben wir zu, oder wenn Revolution ist, oder wenn die Stadt erobert wird! Aber jetzt sind ruhige Zeiten! – Man setzte sich, man fühlte sich wie zuhause.

Die Gesichter wechselten auch jetzt unter dem grünen Laub, es waren nicht viele Leute, aber im ersten Augenblick, beim Eintreten, konnte Huemer die einzelnen nicht unterscheiden. Erst allmählich hoben sich ihm ein paar ab, und er sah, manche waren vom Nachmittag noch geblieben. Und andere saßen wohl immer da, Huemer konnte sich nicht erinnern, daß sie jemals gefehlt hätten. Da war dieser blauäugige, kurzsichtige blinzelnde Mann, den er jahrelang für einen Bildhauer gehalten hatte, eines Tages war er ihm vorgestellt worden, da war es ein ganz anderer Mann. Hier, hinter der Efeuwand, saß ein Regierungsbeamter, er hatte seit dem Nachmittag den Platz gewechselt, man konnte meinen, er sei mit dem Schatten gewandert, aber er war nur an das Tischchen gegangen, an dem er sonst immer saß, und das am Nachmittag nicht frei gewesen war. Innen im Café stand auf einem Ecktisch eine Art bronzene Monstranz, sie trug im Relief das Wort ›Reserviert‹, das war der Platz des Bürgermeisters, der jeden Tag gegen sechs kam und nur seinen Tisch haben wollte, beachten sollte ihn niemand. Ein Arzt im Jägeranzug entfaltete die ›Neue Warte von Weifening‹, eine Lokalzeitung; und Huemer kannte dies an ihm, der Arzt wollte, weil er in Weifening ein Revier gepachtet hatte, nicht warten, bis diese Zeitung frei wurde, deshalb brachte er sie mit. Der Tisch der Schauspieler war leer, aber hier brauchte Huemer die Gesichter nicht zu sehen. Die Schauspieler strengten sich zu ihrem Dasein stets an, als wäre es eine Rolle. Er konnte sie sich vorstellen, deutlicher, lebhafter als die anwesenden Gäste. Hinzu kam, daß an dem Tisch daneben für gewöhnlich unsere kleine Gesellschaft saß. Ich habe es schon erwähnt: kaum einmal am Sonntag, und wenn, dann erst zu späterer Stunde. Huemer hielt umsonst Ausschau. Der Kellner wand sich an ihm vorbei und wischte mit der Serviette über die geäderte Platte; der Geschäftsführer trat an ihn heran: Die Herren waren noch nicht hier – aber sie kommen bestimmt! Es klang so sicher, daß Huemer nicht daran zweifelte, obwohl er wußte, daß der Geschäftsführer keinerlei Anhalt hatte für seine Behauptung. Höchstens von Etzel konnte man vermuten, daß er wieder auftauchen werde; er war schon einmal dagewesen inzwischen und leider nicht mehr in bester Verfassung; der Geschäftsführer deutete es an, er kannte bei Etzel die Zeichen: wenn er anfing, den Wein hinunterzuschütten, und fremde Leute ansprach und das Lokal wechselte – man konnte dann nur hoffen, daß er nicht in irgendeinem Volkscafé endete, sondern wenigstens in der Kantine am Schloß, wo die Leute auf ihn achtgaben; dahin übrigens hatte er sich, so schien es, gewendet; noch besser, er kam hierher zurück, dann konnte man ihn in ein Auto setzen und heimfahren lassen. Aber nicht auf solche besondere Spur und bloße Wahrscheinlichkeit bezog sich der Geschäftsführer, er hatte mit seiner Behauptung, daß die Herren noch kommen würden, etwas Allgemeines und jenseits aller Wahrscheinlichkeit Liegendes im Auge, und wenn er es voraussagte, war darin nicht die fragwürdige Sicherheit wie in einer Voraussage der bloßen leeren

Zeit, daß es um neun Uhr auch wirklich neun Uhr sein würde, sondern etwas Verläßlicheres, das den Ort für Huemer zu einem Zuhause machte, mehr als eine Wohnung. Da brauchten die Leute unter Umständen auch nicht zu kommen, es war doch, als seien sie dagewesen durch die Worte des Geschäftsführers, mindestens stand ihr Tisch da. Die Voraussage des Geschäftsführers drückte eine Art immerwährender Präsenz der Angekündigten aus, neben der ihre Abwesenheit nur als vorübergehende Unterbrechung aufgefaßt werden mußte; wer auf solche Weise präsent war, brauchte nicht unbedingt auch zu erscheinen in der Zeit, er war anders da als ›zur Zeit‹.

Alle diese Empfindungen gehörten für Huemer, wie für jeden von uns, zum Café Schmiedtor, sie stellten sich in ihm ein wie eingeatmete Luft, wenn er es betrat. So auch jetzt, als der Geschäftsführer ihm mit einer Geste nicht nur den Tisch vorbehielt, sondern ihm zugleich die Zeit eröffnete, die anders vergehen würde als alle Zeit draußen. Aber wieder kam es, wie schon am Zeitungsstand, für Huemer nicht so, wie er es kannte. Er wollte sich setzen und die Tasche hinstellen und den Mantel, den er von ihr abgenommen hatte, auf den Stuhl legen – er sah, daß er den Mantel nicht hatte. Er stellte sofort eine erste Überlegung an. Es war ihm klar, wieso ihm der Mantel auf der Straße noch nicht gefehlt hatte, er war es nicht gewohnt, ihn am Arm zu tragen, er hatte ihn immer an der Tasche getragen. Er setzte sich nicht, nahm die Tasche wieder; während zweier zögernder Schritte entschloß er sich, dem Geschäftsführer nichts zu erklären. Verlust oder auch seine bloße Entdeckung hätten hier nur befremdend gewirkt. (Zuzugeben, daß eine Sache verschwinden könne, wäre dem Geschäftsführer unmöglich gewesen. Der Schlag eines Ereignisses paßte nicht zu dem Ort, an dem sich eben deshalb alles voraussagen ließ, weil sich an ihm nichts ereignete und durchaus auch nichts sich ereignen konnte. Wo alles Anwesenheit war – und es daher auf Sichtbarmachung, Antreffen oder Verschwinden nicht ankam – markierten sich die Dinge anders als durch Feststellungen in der Zeit und trugen sich nicht als Geschichte vor. Geschichte gab es im Café nur als Unterbrechung dessen, was war – der Geschäftsführer faßte es so auf: wenn es gesperrt war, und seine Beispiele deuteten darauf hin: immer dann, wenn eine Macht vortrat, die das Leben verödete; und sie wirkte immer auch deplaciert.) Zu erzählen, daß man seinen Mantel vermißte, wäre im Café nicht als Mitteilung, sondern als Anreiz zu einem Gespräch aufgefaßt worden; es hätte den Geschäftsführer höchstens dazu gebracht, verwundert die Brauen hochzuziehen und über einen ähnlichen, unglaubwürdigen Fall zu berichten. Also unterließ es Huemer und sagte sich zu all dem, er würde sofort wiederkommen. Er würde vorgehen an den Zeitungsstand, wo er in einem Augenblick der Unschlüssigkeit, als ihm die Zeitungen noch neu erschienen waren, den Mantel abgelegt hatte, er würde in zwei Minuten wiederkommen, seine Abwesenheit im Café würde gar nicht bemerkt werden. Er trat auf die Straße und sah ein Plakat, es war die Anzeige einer Dampferlustfahrt mit Lampions und Tanz, die am Abend zuvor, Samstag, stattgefunden hatte. Er brauchte für seinen Weg bis zur Ecke am Spittelanger nicht länger, als er gebraucht hätte, um dieses Plakat, mit dem Kleingedruckten, in dem die einzelnen Attraktionen aufgeführt waren, ganz zu lesen. Als er ankam, setzte der Zeitungsverkäufer eben das Kleingeld, das er eingenommen hatte, zu Rollen der nächsthöheren Einheit zusammen, er hatte seine Zeitungen schon eingepackt, er räumte den Stand ab. Von einem Mantel wußte er nichts. Sie haben doch gar nichts abgelegt oder hingesetzt, sagte er – er wußte es genau – und es ist doch erst zehn Minuten her – auch das konnte er genau sagen, er hatte auf die Uhr gesehen. Huemer war die Zeit kürzer erschienen, der Weg hin und zurück war kaum zu rechnen; daß es beinahe zehn Minuten sein sollten, die er sich im Schmiedtor umgesehen hatte, konnte er nicht glauben. Was war geschehen? Der Verkäufer hatte in der Zeit seinen Tisch zu einem Wägelchen zusammengeklappt. Er sagte: Meine Uhr geht richtig; dann schob er das Wägelchen auf die Straße und fuhr mit ihm weg.

Huemer blieb am Rande des Gehsteigs zurück. Ein paar Leute gingen vorüber. Sie beachteten ihn nicht. Aber ihm kam es so vor, als müßten sie ihm ansehen, daß er stehengelassen worden war und nichts ausgerichtet hatte. Einen Augenblick beengte ihn ein peinliches Gefühl. Dann fand er die Lösung, die es ihm erlaubte, sich wieder in Bewegung zu setzen: er hatte sich geirrt, nicht bei dem Zeitungsverkäufer hatte er den Mantel gelassen, sondern schon bei der Frau im Auto, er würde nun vorgehen ins Café Ortlieb und sich ihn dort holen.

Er hatte keinen Zweifel, daß er den Mantel im Café Ortlieb vorfinden werde. Der Mann, dem das Auto gehörte, war bis dahin gefahren, die Frau war dort ausgestiegen mit ihm zugleich. Erst beim Aussteigen hatte sie entdeckt, daß sie den Mantel noch auf dem Schoß hielt. Sie mußte annehmen, daß der Besitzer ihn sehr bald vermissen würde, und dann würde er sich erinnern, daß von dem Café Ortlieb gesprochen worden war als dem Ort, an dem das Auto stehenbleiben sollte, er würde sicher binnen kurzem im Ortlieb erscheinen. Anders war es nicht zu denken: die Frau hatte den Mantel an den Mann gegeben, der hatte ihn einstweilen übernommen. Sie selber brauchte sich um die Sache nicht mehr zu kümmern, sie konnte nach Hause gehen.

Wäre ich mit ihr gegangen, wäre das Ganze nicht passiert, sagte sich Huemer. Aber dieser Gedanke verlor sich vorerst in ihm. Er bog um die Ecke. Von dem Platz des Zeitungsverkäufers bis zum Café Ortlieb waren es fünf Minuten: den Spittelanger hinauf; an seinem oberen Ende, hinter dem Knick, den er machte, lag das Café. Huemer kam zuerst zu dem Delikatessengeschäft, dann zu dem Laden der Hutmacherin, dann zu dem Haus, in dem Frau Seidler gewohnt hatte. Aber wieder, wie am Nachmittag, beachtete er es nicht. Er ging an dem Haustor vorüber, das er einstmals aufgesperrt hatte mit dem Schlüssel, der ihm von dem Balkon zugeworfen worden war, er ging unter dem Balkon und sah ihn nicht, er dachte nur an den Mantel, und an die Frau, und an den Mann.

Er fragte sich, wie es gekommen war, daß er beim Aussteigen nicht achtgegeben hatte. Er hatte den Augenblick, als könne er ihn aus den Bewegungen seines Körpers herstellen, noch genau vor sich: Anhalten, Aufstehen, Eile wegen des Haltverbots, das Bein übers Rad, das Pflaster unter den Füßen, Danke, und rasch weg. Keins dieser Elemente enthielt die Notwendigkeit, an den

Mantel nicht zu denken. Es war ein Loch in dem Vorgang, und das beunruhigte Huemer. Gewiß, er war unaufmerksam gewesen wegen des Haltverbots; er hatte sich kaum richtig besinnen können, war das Auto wieder gefahren; und er hatte es auch selber eilig gehabt, ins Schmiedtor zu kommen, weil er in die leere Wohnung nicht wollte, und auch gar nicht erst lange überlegen wollte, da er so plötzlich abgesetzt worden war auf der Straße. Aber das wieder hatte er gewollt; er war froh gewesen, von den Leuten loszukommen, von dem Mann und der Frau.

Wäre ich mit ihr gegangen, wäre es nicht passiert. Da war dieser Gedanke wieder, aber diesmal bemächtigte sich Huemers dabei eine sonderbare Empfindlichkeit: Schuldbewußtsein, als hinge der Verlust des Mantels mit einer Verfehlung zusammen, die er sich nur noch nicht ganz klar machen konnte.

Da sah er vorne das Auto. Er ging eben hinter dem Knick der Straße auf der Höhe des Wielandschen Geschäftes, als er es ganz oben erblickte, nicht unmittelbar vor dem Café Ortlieb, sondern rechts an der Seite, und es war nur halb zu sehen, weil die aus der Flucht des Spittelangers vorspringende Hauswand es verdeckte. Sofort verlor sich in Huemer das bißchen Unruhe, das ihn zuvor doch befallen hatte. Er ging langsamer. Er warf einen

Blick auf Wielands Schaufenster, er sah die weißen Sonnensegel hinter dem Glas. Noch vor acht Tagen hatte an dieser Stelle der Mantel gehangen. Die Vorstellung beunruhigte ihn nicht. Seit er oben an der Ecke das Auto gesehen hatte, war er völlig sicher, den Mantel im Ortlieb wiederzufinden. Er nahm sich zu Blicken Zeit, und dann auch zu Gedanken, und nun fiel ihm ein, daß er soeben zum zweiten Mal an dem Tag, und obwohl er von Frau Seidler doch kam, an ihrer früheren Wohnung achtlos vorbeigegangen war, diesmal in seiner Ängstlichkeit wegen des Mantels. Er schämte sich ein wenig, er nahm sich vor, auf dem Weg zurück an Frau Seidler zu denken; es kam ihm so vor, daß durch Gedanken etwas geschähe, und auch durch Versäumnisse in Gedanken; diesmal konnte er es gut machen, er sah alles schon vor sich: wie er auf dem Rückweg die Straße wieder herunterkam, den Mantel am Arm, und auf das Haus achtete und, während er unter dem Balkon ging, einmal nicht an sich selber dachte.

Er verstand noch immer nicht, wie es hatte geschehen können. Er hatte ihn doch der Frau nur gegeben, um ihn nicht zu beschmutzen, bei dem achtsamen Aussteigen hätte er daran denken müssen. Oder war es dies – Verfehlung: sie hatte ihm einen Dienst erwiesen, aber er hatte von ihr nichts mehr wissen wollen? War das eine Verfehlung?

Das ihm unbehagliche Schuldbewußtsein mischte sich wieder in seine Gedanken, unbestimmt noch immer, aber es ließ ihn nicht frei, als wäre er in ein Zimmer gegangen und sähe, da er es verlassen wollte, die Tür nicht mehr, sie lag irgendwo in der Wand, er tastete sie ab, er konnte die Tür nicht finden. Im Schmiedtor wollte er über alles nachdenken. Dort konnte er es tun, und er sah nun zuletzt auch dies schon vor sich: wie er an das Marmortischchen zurückkehrte, sich hinsetzte, und der Ort ihm die Unruhe nahm und ihm erlaubte, nachzudenken. Da war ihm der Weg jetzt nur noch lästig. Aber er mußte sich den Mantel nun doch erst holen. Wenn er ihn dann hatte, wollte er gleich wieder zurück. Er wollte sich im Café Ortlieb nicht aufhalten. Am liebsten wäre er jetzt schon im Schmiedtor gewesen.

12

Huemer mochte das Café Ortlieb nicht sehr; zwar hatte er eine Zeitlang dort verkehrt, aber nur, weil damals die Berufsvereinigung, der er angehörte, in einem Klubzimmer des Ortlieb ihre Zusammenkünfte hielt. Vielmehr, es war nicht eigentlich die Berufsvereinigung gewesen, sondern eine Gruppe junger Leute, die sich von ihr abgesondert hatte, um etwas Neues durchzusetzen. Solche Bewegungen gab es in unserer Stadt manchmal, aber sie waren stets vergebliche Anstrengung, in der zähen stockenden Masse des Stadtwesens kamen sie nicht voran, und in diesem Fall hätte allein schon der Umstand, daß die Zusammenkünfte im Ortlieb stattfanden, als Zeichen dafür gelten können, daß sie unfruchtbar bleiben mußten. Es gab verschiedene Vereinigungen, die abwechselnd im Ortlieb tagten, einen Verein, der sich nach einem nur in der Provinz bekannten Dichter nannte, einen Bund für Lebensreform, eine Runde von Liebhabern eines bestimmten Ferienlandes. Das waren stille Kreise, – Überreste eines früheren Glanzes, da das Ortlieb ein Platz der Gesellschaft gewesen war. Davon war in ihm nichts mehr zu spüren, selbst die Leute, die es aufsuchten, um ihre Zeitungen zu lesen, unterschieden sich von denen, die dasselbe im Schmiedtor taten. Ins Ortlieb gingen gewisse mittlere Beamte aus den nahen Regierungsgebäuden, oder auch höhere Beamte, die sich im Schmiedtor nicht wohlfühlten. Das lag nicht am Rang, sondern an Unterschieden in der Übereinstimmung der Person mit sich selbst. Ins Schmiedtor zu gehen, bedeutete, in der Öffentlichkeit zu erscheinen; dazu gehörte Selbstbewußtsein mindestens in dem Sinn, daß jemand von sich selber wußte, was er war, und die Möglichkeit des Mißverständnisses nicht scheute, daß die andern es besser zu wissen glaubten – wer dagegen ins Ortlieb ging, hielt sich ungeprüft abseits. Man sah im Ortlieb unzufriedene, in sich selbst sich verzehrende Gesichter. Lange Zeit war Seidler dort zu finden gewesen, auch für Etzel, wenn er Leute, die ihn kannten, scheute, war das Ortlieb gelegentlich ein Stützpunkt. Es gab kaum, wie im Schmiedtor, Ehepaare, die in Zeitschriften blätterten, dagegen Leute, die lange Briefe schrieben. Manchmal verabredete sich ein Rechtsanwalt oder ein Geschäftsmann im Ortlieb zu einer Besprechung; sie taten es, wenn sie dabei nicht gesehen werden wollten, für sie war das Café ein Schlupfwinkel, ähnlich wie für die Liebespaare das andere winzige Einzimmer-Café, das in der Nähe lag, und in dem Huemer an dem Abend vor seiner Reise gewartet hatte, bis sein Mantel fertig geworden war. Schließlich gab es im Ortlieb noch die Spieler. Auch das Schmiedtor hatte seinen Spielsaal, aber dort schuf der lebhafte Wechsel der Besucher Unruhe; im Ortlieb drang von außen nichts an, hier gab es keine Bewegung außer der, die die Spieler selbst machten. Sie gingen seit jeher lieber ins Ortlieb, auch Huemer hatte, als Schüler noch, in dem hinteren Raum Schachspielen gelernt. Er konnte sich an die Einrichtung erinnern:

an die getäfelten Wände, das große Billard, die viereckigen Spieltische, deren Platten aus Holz waren und mit grünem Samt überzogen. Auch ein Klavier stand da. Geschlossene Veranstaltungen fanden zuweilen im Ortlieb statt. Aber dies alles belebte das Café nur abends. Tagsüber brannte im Spielsaal nicht einmal Licht. Im vorderen Raum, an den Marmortischchen, raschelten die Zeitungen; hinten war es finster; – stumm, staubig und leer.

Als Huemer eintrat, mußte er sich ein Stück im Dunkel vortasten, das kam von der Blendung durch das Tageslicht, die ihm noch nachhing, erst allmählich erhellte sich ihm der Raum, er sah die Hölzer an den Wänden des Korridors, Einlegearbeit, auch eine Aufschrift ›Klubzimmer links‹ aus Buchstaben in Schlingpflanzenformen, dann trat er in den Saal. Kein Stuhl an den Marmortischchen war abgerückt, in keinem Aschenbecher war Asche, nirgendwo lag eine Zeitung aufgeschlagen. Auch im Spielsaal dahinter war alles still. Den Billardtisch verdeckte ein Schutzüberzug, auf den Samtvierecken der Spieltische lagen aufgefächert die Karten, nur in einer Ecke war Unregelmäßigkeit, dort standen auf einem Schachbrett die Figuren im Zug. Es waren nur noch wenige, und Huemer konnte sehen, daß das abgebrochene Spiel für die weiße Partei aussichtslos war. Sie konnte keinen Zug mehr machen, der sie nicht matt gesetzt hätte, wenn nicht überhaupt die schwarze Partei am Zug war, das ließ sich an den Figuren nicht ablesen, die Spieler waren gegangen.

Der Blick auf das Spiel hatte Huemer abgelenkt, nun sah er sich um und sagte sich, daß in dem Café auch an dem Sonntagnachmittag wenigstens ein Gast hätte sitzen, oder ein Kellner sich hätte zeigen müssen, oder jemand aus der Küche. Schon glaubte er, hier sei kein Betrieb, da sah er ein Schild: ›Betrieb im Garten‹, und nun fiel ihm erst ein, daß zum Ortlieb ein Garten gehörte, allerdings war es nur ein winziger Hof, gepflastert, eingeengt zwischen den hinteren Seiten der hohen Häuser, er lag auch nicht unmittelbar an den Räumen des Cafés, man mußte ein Stück gehen, an Mülltonnen und Schüttsteinen vorbei. Als Huemer dieses Stück ging, blendete ihn wieder das Licht, aber nun sah er vorne auch schon die Kisten mit Efeu, und in der Mitte, als eine Pforte, zwei Buxbäume in viereckigen Kübeln. Er hörte hinter der Efeuwand Stimmen, es waren undeutliche, in Abständen gemurmelte Worte, dazwischen leise Ausrufe, ein Prusten, ein Schnalzen mit der Zunge. Als er vortrat, sah er ein Bild, das wie ein kleineres in einem größeren ausgeschnitten war: die Efeustöcke, im Café Ortlieb älterer Bestand als im Schmiedtor, umschlossen als grüne Mauern ein Stück Rasen, für das die Pflastersteine weggenommen worden waren, auf dem Rasen wuchsen Gänseblumen, in der Mitte stand ein Tisch mit einem Fuß aus Eisen und einer Platte aus Holz, der Fuß war eine massive Scheibe, die Platte war achteckig; und die acht eisernen Stühle an dem Tisch hatten eben noch Platz in dem grünen Revier. Es sah nicht aus wie ein Garten, eher wie ein Zimmer, dessen Wände aus Natur gemacht sind, aber umgekehrt war diese Natur wieder künstlich zusammengesetzt aus dem auf Gerüste gezogenen Efeu, den Buxbäumchen, von denen das eine zu einer Kugel, das andere zu einem Prisma geschnitten war; sogar der säuberlich geschorene Rasen wirkte künstlich mit seinem Einerlei aus feinen Grasspitzen und weißen Blumensternen, die ihn wie ein gleichmäßig hingetupftes Muster bedeckten. Alle diese einzelnen Teile, das Rasenviereck, die Wände aus Laub, die starren kleinen Baumkronen, sahen zusammen aus wie manchmal auf alten Bildern ein Garten: auch dort nicht wie Natur, sondern wie ein von ihr abgetrennter, erfundener Ort, der mit dem paradiesischen Naturstoff der Gräser und Blätter nur sichtbar gemacht wird, weil er als der Aufenthalt der besonderen Wesen, für die er erdacht ist, das Paradies nachahmt. Aber das grüne Viereck hier zwischen den Mauern war ein ganz gewöhnlicher Ort, wenngleich künstlich ausgenommen; die Efeuwände ließen die Stimmen durch, nicht die Blicke. Huemer stand eine Weile in der Öffnung zwischen den Buxbäumchen, er sah, was innen war. Alle acht Stühle an dem Tisch waren besetzt, die Leute spielten Karten. Sie waren so vertieft, daß keiner ihn bemerkte. Je vier zusammen machten eine Partie, bei der einen waren zwei Frauen, auch bei der andern Partie war eine Frau, neben ihr saß der Kellner, neben diesem der Mann, dem das Auto gehörte. Er trug auch hier nur das blaue Hemd und darüber die Hosenträger, er war, so schien es, am eifrigsten von allen beim Spiel. Als Huemer ihn ansprach, hörte er gar nicht, erst als die Frau in der Runde ihn aufmerksam machte, hob er den Kopf. Er blickte auf Huemer, als habe er ihn nie gesehen. Wünschen Sie etwas von mir? Huemer sagte: Ich habe vorhin meinen Mantel vergessen im Auto! Der Mann spielte eine Karte aus. Was für einen Mantel? Huemer sagte: Die Frau hat ihn gehabt! Der Mann sah auf den Tisch, er sagte: Ausspielen! Dann wandte er sich wieder an Huemer: Die Frau ist ausgestiegen! – Ich weiß, sagte Huemer, sie wollte hier am Ortlieb aussteigen. – Hat sie auch getan! – Aber mit meinem Mantel – ich meine, beim Aussteigen, hat sie Ihnen den Mantel da nicht gegeben? – Mir nicht! – Und hat auch nichts gesagt? Huemer bekam keine Antwort, der Mann fragte: Wer spielt aus? Die Frau neben dem Kellner legte eine Karte auf den Tisch. Huemer sagte: Aber es müßte Ihnen doch aufgefallen sein, hat sie den Mantel gehabt oder nicht?

Der Mann streckte die behaarte Hand vor, er zog die Karten ein. Dann drehte er sich halb zu Huemer um: Ich kann es Ihnen nicht sagen, ich habe es eilig gehabt, Sie erinnern sich vielleicht noch, ich bin schnell gefahren, ich bin trotzdem zu spät gekommen, die Leute haben hier schon gewartet. – Die Frau aus der Runde meldete sich: Ja, wir haben geglaubt, er kommt nicht mehr! – Der Mann grunzte zufrieden: Wenn ich komme, dann komme ich auch. – Er wandte sich wieder an Huemer: Aber Sie hören es ja. Auf mich haben alle gewartet hier, und Sie stellen sich vor, ich soll beim Aussteigen darauf geachtet haben, ob die Frau einen Mantel hat? – Die Spielerin sagte: Vielleicht hat sie ihn ins Auto gelegt? – Ja, sehen Sie doch einmal nach, sagte der Mann. Er fächerte seine Karten auseinander.

Huemer zögerte, er überlegte, ob er den Mann nicht auffordern solle mitzukommen, aber die vier waren schon wieder beim Spiel, ganz so, als seien sie niemals unterbrochen worden, und besonders der Mann benahm sich mit Zuwendung, Rufen und flinkem Ausspielen wie jemand, der schon immerzu dabei gewesen war; daß er eine Viertelstunde zuvor noch im Auto gesessen hatte, war ihm nicht anzumerken, und allmählich hatte auch Huemer Mühe, es sich vorzustellen als etwas vor kurzem Geschehenes. Er fragte sich, was das für Leute waren, die hier im Ortlieb an dem Sonntagnachmittag spielten, er konnte es nicht herausfinden, so wie zuvor auch bei dem Mann nicht. Sie waren halbstädtisch, die Frauen herausgeputzt, die Männer gut genährt, sie hatten ein gewisses Benehmen untereinander wie Leute, die es gewohnt sind, auszugehen; dabei redeten sie in einem Vorstadt-Dialekt, konnten aber auch nach der Schrift reden, ohne daß dann die Mundart mitklang. Die Paare konnten verheiratet sein, für Liebespaare waren sie zu alt, andrerseits schienen sie sich miteinander nicht zu langweilen, es fehlte ihnen das besitzerisch Träge, das für gewöhnlich an Ehepaaren ist; das Auffälligste an ihnen war ihre Ungeniertheit und eben – das Unbestimmbare, wohin sie gehörten.

Huemer ging, ohne daß ihm ein Blick gefolgt wäre, er entfernte sich über das Pflaster hin und hörte nun wieder nur die Stimmen. Das Haus kam, der Spielsaal, dann der vordere Saal mit den Marmortischchen, niemand war dort inzwischen eingetreten, und Huemer ging durch den Korridor auf die Straße zurück. Durchaus war es möglich, daß die Frau den Mantel ins Auto gelegt hatte, und womöglich hatte sie sogar zu dem Mann davon gesprochen, und er hatte es nur überhört in seinem Eifer, der ihm keine Wahrnehmung außerhalb und keine Ablenkung gestattete – jetzt nicht vom Kartenspiel, zuvor nicht von seinem Bestreben, nicht zu spät zu kommen; das wenigstens wußte Huemer nun, warum es der Mann so eilig gehabt hatte.

Er ging vor bis an das Auto. Es stand hart am Gehsteig, seine vorderen Räder waren an den Randstein gepreßt und gegen die Straße eingeschlagen, in dieser Stellung war die Eile noch sichtbar: das rasche Herzufahren und Anhalten. Huemer sah, daß die Tür neben dem Fahrersitz um einen Spalt abstand, sie war nicht ganz eingeschnappt, der Mann hatte sich nicht Zeit genommen, sie ordentlich zuzumachen, auch das war ein Zeichen von Eile. Aber hier, bei dem offenen Kübel, machte es nichts aus. Huemer stieg auf das Trittbrett und sah von oben in das Innere des Wagens, er beugte sich vor und sah unter den Sitzen nach, der Mantel war nicht liegen geblieben.

Huemer konnte das dem Manne nun sagen, er ging zurück ins Café, noch einmal durch die staubige Stille, an den Marmortischchen, den Spieltischen, dem zugedeckten Billard vorüber, im Hof hörte er wieder die Stimmen aus der künstlichen Spiel-Laube, er trat durch die Öffnung in der grünen Wand und sagte zu dem Mann: Im Auto ist nichts. Was soll ich jetzt machen? – Der Mann blickte angestrengt auf die Spielkarten, die er in der Hand hielt. Die Frau neben dem Kellner sagte: Du mußt ausspielen! Der Mann zuckte ungeduldig. Huemer sagte: Hören Sie einen Moment zu, Sie müssen sich doch noch erinnern können, hat die Frau einen Mantel bei sich getragen? – Die Spielerin fragte: Welche Farbe? – Huemer sagte: Weiß, er war ganz neu! – Die Spielerin sagte: Ich meine, welche Farbe ist Trumpf! – Der Mann warf die aufgefächerten Karten auf den Tisch, er sagte: Sie haben doch schon gehört, daß ich mich an nichts erinnere! Was geht mich Ihr Mantel an! – Die Spieler blickten vorwurfsvoll auf Huemer, der sagte: Aber es war ein ganz neuer Mantel, ich hatte ihn überhaupt noch nicht getragen. Es ist ein Verlust für mich, deshalb wende ich mich an Sie. Sie waren doch dabei, wie die Frau den Mantel von mir genommen hat! – Der Mann sagte leise und schnell: Ich weiß nicht, wovon Sie sprechen. Ich weiß nichts von Ihrem Mantel. Und ich will mit der Sache nichts zu tun haben! – Einen Augenblick sah er auf Huemer, als wolle er prüfen, welchen Eindruck dem seine Worte machten, dann beugte er sich vor, hob die Karten vom Tisch und spielte aus. Auch die andern wandten sich nun wieder zum Spiel.

Huemer blieb noch eine Weile stehen. Er sah zu, wie die Karten auf den Tisch flogen, er hörte ihr leises Hinklatschen, hörte auch ein paar Reden; die Leute der andern Partie machten eben Pause, sie unterhielten sich. Die eine der Frauen zählte das Geld in die Spielkasse, sie murmelte die Zahlen vor sich hin. Die andere mischte die Karten. Der Mann, der neben ihr saß, fragte sie: Kannst du nächsten Sonntag? – Die Frau sagte: Ich hätte meinen freien Tag, aber ich muß am Bufett aushelfen, die Kassierin hat dort Nachtdienst! – Der Mann sagte: Ihr braucht doch am Tag keine Kassierin! – Die Frau, die Geld zählte, unterbrach ihr Murmeln und sagte: Was glaubst du, was für Andrang bei uns ist, seit wir renoviert haben! – Und du kannst nicht tauschen mit jemandem? fragte der Mann wieder die andere Frau. – Nicht gerne, sagte sie, ich verliere die Prozente, und ans Bufett kommen bei uns die besten Leute! – Nun mischte sich auch der Mann, dem das Auto gehörte, ein. Prozente, sagte er, da kommt ja doch nichts dabei heraus, macht es wie ich, schließt mit einer Brauerei ab, zieht aufs Land, dann seid ihr selbständig, zahlt eure Pacht und braucht nicht mehr eure Prozente in der Stadt hier!

Huemer hörte die Reden wie Geräusch zwischen dem Geldzählen und dem Aufschlag der Karten, etwas blieb im Ohr, und als er vom Hof in das Haus trat, wußte er auf einmal, daß die Leute Kellner und Kellnerinnen waren; sie kamen hier zusammen, wenn sie ihren freien Tag hatten, dann wechselten sie die Rollen, waren Gäste, wurden es aber nicht ganz: sie saßen doch auch hier bei dem Kellner des Ortlieb, und was an ihnen das Besondere hätte sein können, das Reden nach der Schrift und das ungenierte Wesen, kam nur von ihrem Beruf, der ihnen erlaubte, alles mögliche Wesen anzunehmen. Der Mann mit dem Auto aber, der wirklich Gast war, sah am wenigsten von allen so aus. Seit er sich selbständig gemacht hatte, war ihm die Fähigkeit abhanden gekommen, in die verschiedenen Rollen auszuweichen, die ein Kellner spielen konnte. Aber er war nicht etwas anderes geworden; er hatte nur aufgegeben, was er gewesen war; somit war er geworden, was als Rest übrig bleibt, wenn einer, was er ist, von sich abzieht.

Huemer kam an dem grünen Spieltisch mit dem Schachbrett vorüber, er sah auf die Figuren des abgebrochenen Spiels. Einen Augenblick schien es ihm, als gebe es für die weißen Figuren noch eine Möglichkeit, freizuziehen, er blieb stehen. Aber da war der Einfall, der ihn durchblitzt hatte, weg, er sah ihn nicht mehr. Er setzte sich an den Tisch und rückte an den Figuren und stellte sie hier und dorthin. Er fand den Ausweg nicht. Aber daß es ihn gebe, eine Lösung, die sich vor ihm jetzt nur verbarg, daran zweifelte er nicht. Er schloß die Augen, er sah die weißen Figuren vor sich und versuchte, sich ihre Stellung einzuprägen. Dann sah er seinen Mantel. Er stand auf und ging auf die Straße.

Er kam wieder an das Auto, da wollte er noch einmal nachsehen in ihm, er wollte sich nicht sagen, daß er es nicht gewissenhaft getan habe. Er bückte sich wie zuvor unter die Sitze, dann ging er rundum, ob nicht hinten ein Kofferraum wäre, es gab keinen. Er spähte in die Fuge zwischen der Sitzbank und der Tür, sein Blick haftete an jeder Stelle, er begnügte sich nicht damit, hinzusehen, er machte sich zugleich bewußt, daß die Stelle wirklich leer war. Als er sich aufrichtete, sah er einen Polizisten, der die Straße herunterkam. Da bückte er sich noch einmal, um nicht dadurch, daß er auf einmal von dem Auto abließ, den Eindruck zu erwecken, daß er hier einen fremden Wagen ausspähte. Der Polizist ging langsam, und Huemer hatte Mühe, die Zeit mit den Blicken auszufüllen, mit denen er zuvor nicht fertig geworden war. Der Polizist blieb vor dem Auto stehen. Er tat es ohne Absicht, es gehörte zu seinem Rundgang, alles zu bemerken, was ihm begegnete; er sah nicht eigens auf den Mann, der, wie es schien, seine Sachen herausnahm. Aber Huemer hielt die Rolle nicht durch. Sie kam ihm nun auch unwürdig vor; er hatte nichts zu verbergen, konnte er nicht eher um einen Rat fragen? Er wandte sich an den Polizisten: Ich suche hier meinen Mantel, aber es ist umsonst, er ist nicht da. Ich kann es mir nicht erklären; – und er erzählte, wie das Auto an dem Zeitungsstand gehalten hatte, und er dort ausgestiegen war.

Aber dort ist doch Halteverbot, sagte der Polizist. Es fiel ihm nur aus Routine ein, damit hatte Huemer nicht gerechnet, daß die Orte und Verhältnisse für den Polizisten andere Bedeutung hatten als für ihn, den Passanten. Aber er konnte den Einwurf benutzen, um sich genauer zu erklären:

Eben weil Halteverbot war, ist alles so schnell gegangen, und überhaupt, es konnte nicht schnell genug gehen!

Mit diesem Auto? fragte der Polizist. Er hielt sich wieder nur an die anschaulichen Stücke. Huemer versicherte ihm, daß dieses komische kleine Auto schneller fahre, als man ihm zutraue. Und er erzählte nun alles von Anfang: wie er an der Haltestelle draußen gewartet habe, wie die Frau dazugekommen sei und ein Auto angehalten habe, wie sie eingestiegen seien und er ihr den Mantel gegeben, und wie dann der Mann ihnen angekündigt habe, daß er schnell fahren werde.

Welcher Mann? unterbrach ihn der Polizist. Huemer sagte: Er sitzt im Ortlieb! Der Polizist fragte: Und wie – ›angekündigt‹? Huemer sagte, auch er habe sich darüber gewundert, aber inzwischen habe sich herausgestellt, der Mann habe zu seiner Spielgesellschaft nicht zu spät kommen wollen, deshalb sei er so schnell gefahren.

Das ist auch ein Grund, sagte der Polizist. Er schien gelangweilt. Seine Blicke gingen bis an den Eingang zum Café Ortlieb, sie gingen wieder zurück zu dem Auto. Auf einmal blieben sie stehen, sie hefteten sich auf Huemer. Aber dann kennen Sie den Mann gar nicht?

Nein.

Und er läßt Sie hier an sein Auto?
Huemer sagte: Ich habe ihn aufgefordert mitzukommen. Er wollte nicht. Ich könnte ja einmal nachsehen, sagte er. Auch sonst benimmt er sich jetzt sonderbar, er sagt, die Sache gehe ihn nichts an.

Das kann ich verstehen, sagte der Polizist, niemand ist gern Zeuge, davon hat man nur Scherereien. Oder wollen Sie ihn beschuldigen?

Wen – den Mann? Nein, es kommt mir nur komisch vor.

Na also. Und worum handelt sichs dann?

Um meinen Mantel.

Was für ein Mantel war es?

Ein Regenmantel, weiß, ganz neu, teuer. Und Sie sehen ja – hier, ich war da hinten im Auto, da war überall das Öl, und mein Mantel neu, da wollte ich ihn schonen und habe ihn der Frau gegeben. Sie war hier vorne. Eigentlich kommt es nur davon, ich wollte nicht, daß der Mantel schmutzig wird.

Ja, wenn man zuviel achtgibt, ist das auch nicht gut, sagte der Polizist.

Huemer mußte es zugeben. Der Polizist aber ging immer nur in der Sache weiter. Beim Aussteigen dann haben Sie wieder zu wenig achtgegeben!

Ich habe Ihnen ja erzählt, es ging so schnell, sagte Huemer. Und ich will ganz gewiß den Mann nicht verdächtigen, ich kann mir vorstellen, daß auch er dann nicht achtgegeben hat, weil er es doch so eilig hatte, und daß ihm nichts aufgefallen ist, wie die Frau mit dem Mantel weg ist, das muß ja so sein!

Nichts muß sein, sagte der Polizist. Er sah Huemer an, als erwarte er von ihm eine Antwort. Huemer sagte:

Aber irgendwo muß der Mantel geblieben sein, und wenn der Mann ihn nicht hat, muß ihn die Frau haben. Ich muß sie jetzt finden!

Aber Sie kennen doch auch die Frau nicht?

Sie wohnt in der Sandgasse.

Woher wissen Sie das?

Sie hat es erzählt. Und, verstehen Sie, das alles hätte gar nicht zu passieren brauchen, wenn ich gleich nachhause gegangen wäre. Das ist es ja: die Frau wollte in die Sandgasse, und ich habe denselben Weg, ich wohne auch da oben, von der Sandgasse kurz ab, in der Klosterstraße neben der Schule. Ich wollte nur noch ins Schmiedtor . . .

Huemer unterbrach sich, er war verlegen, das Gefühl der Schuld, daß er die Frau zurückgesetzt hatte und undankbar gewesen war, erwachte in ihm wieder. Aber davon konnte er nicht sprechen. Der Polizist sah ihn aufmerksam an.

Und was wollten Sie im Schmiedtor?

Die Frage machte Huemer noch einmal verlegen. Er konnte wieder nicht sagen, daß er nicht in die leere Wohnung gewollt hatte, wo seine Reise zu Ende gewesen wäre, und er, mit sich selber allein, sich eine Art Rechenschaft hätte geben müssen – das hätte der Polizist nicht verstanden. Auf das Einfachste, zu sagen, daß er im Schmiedtor Bekannte zu treffen hoffte, kam er nicht. Er sagte: Mir waren diese Leute irgendwie unangenehm, ich wollte von ihnen weg!

Der Polizist fragte: Aber wieso unangenehm? Zuvor fahren Sie mit den Leuten?

Ich wollte gar nicht, sagte Huemer, ich wäre viel lieber mit dem Zug gefahren. Und ich wollte, ich hätte es getan, dann hätte ich jetzt noch den Mantel!

Der Polizist schüttelte den Kopf. Sichtlich strengte es ihn an, diesen Wendungen zu folgen. Er war noch jung, er überlegte, schließlich sagte er: Oder haben Sie die Frau doch gekannt?

Nein, bestimmt nicht!

Es spielt keine Rolle. Ich meine nur, Sie müßten sich doch eigentlich erinnern an die Frau, wenn Sie in der Nachbarschaft wohnen?

Das habe ich mich zuerst auch gefragt, ob ich sie nicht kenne, sagte Huemer. Aber ich komme nicht so oft in die Stadt.

Wie, sagte der Polizist, ich denke, Sie wohnen in der Stadt? Sie sagten doch eben – in der Klosterstraße!

Huemer mußte sich berichtigen. Er erklärte, daß es nicht seine eigene Wohnung sei, sondern die eines Verwandten, trotzdem sei er in ihr wie zuhause.

Der Polizist wollte das nicht verstehen. Er sagte: Wenn es Ihre Wohnung nicht ist, dann sind Sie in ihr auch nicht zuhause. Sind Sie wenigstens gemeldet?

Nein.

Wie, nicht einmal gemeldet? Aber Sie wissen doch, daß es Vorschrift ist, sich zu melden!

Huemer schwieg. Der Polizist blickte streng. Er sagte: Und hier das Auto, es gehört nicht Ihnen, aber Sie suchen darin herum!

Huemer sagte: Ich habe Ihnen doch schon alles erzählt, ich bin ausgestiegen, ich wollte zu meinen Leuten ins Schmiedtor . . .

Der Polizist unterbrach ihn. Zu Ihren Leuten? Was wollen Sie damit sagen, sind Sie im Schmiedtor bekannt? – Huemer empfing einen forschenden Blick, er konnte ihn nicht deuten, er spürte nur die plötzlich mildere Stimmung, einen Umschwung zu seinen Gunsten.

Ich meine, waren Sie verabredet im Schmiedtor?

Nicht direkt verabredet, antwortete Huemer, wir machen das nie, meistens kommt von selber jemand Bekannter.

Die Miene des Polizisten hellte sich auf. Das ist etwas anderes, wenn Sie im Schmiedtor verkehren und dort bekannt sind . . .

Huemer begriff erst allmählich: diese einfache Feststellung veränderte seine Lage. Der Umstand, daß er im Schmiedtor verkehrte, schlug die Möglichkeit eines Zweifels an ihm nieder. Ein Mann, der dort bekannt war, galt dem Polizisten nicht als verdächtig. Sein Mißtrauen wandelte sich in Wohlwollen:

Das hätten Sie mir gleich sagen sollen!

Huemer war sonderbar berührt. Alle Dinge, die ihm seit seiner Ankunft in der Stadt begegnet waren, hatten ihn, eins nach dem andern, zunehmend unsicher gemacht: zu Anfang der Anblick der leeren Wohnung, dann der Weg durch die verödeten Straßen, dann der Besuch bei Seidler – statt daß er seine Reiseerinnerungen hatte loswerden können, waren ihm Erinnerungen aufgetischt worden, die ihm zeigten, daß er auch hier versagt hatte; aus jeder Sache, von der er geglaubt hatte, sie wenigstens sei ihm zu eigen und bekannt, war ihm etwas Unbekanntes entgegengesprungen.

Da war ihm seine Niederlage erst klar geworden, so lange hatte er sich getäuscht.

Allmählich war es ihm ergangen wie dem Mann im Märchen, der nachhause kommt und das Haus verhext vorfindet, und dem aus den Schubladen, die er aufzieht, befremdliche Gegenstände vors Auge schnellen, er hört Stimmen und sieht Gesichter, die sich während seiner Abwesenheit eingenistet haben und von denen er nichts weiß. Aber sie waren sicher schon immer da, es sind die wahren Gesichter, er hat nur früher auf sie nicht geachtet. Zuletzt dann noch die Zufälle und das vertrackte Wesen des Mannes im Ortlieb, der ihn zurückgewiesen hatte – da war es ihm so erschienen, als wäre er selber, mit allem, was er erlebt hatte, nur noch ein Glied einer solchen verstellten Welt, und wenn er aus ihr wiederkäme, würde niemand ihn erkennen. Aber nun fand er eine Spur, die ihm weiter half; er hatte dem Polizisten alles erzählt und sich vor ihm ausweisen können als ein Gast im Schmiedtor, und der Polizist hatte dies anerkannt als etwas unzweideutig Wirkliches. Daran konnte er sich festhalten. Ja noch mehr, er durfte sich als Schützling des Polizisten betrachten in der zweifelvollen Lage, in der er sich befand. Er empfand es angenehm, aber zuletzt war er darüber nicht einmal erstaunt.

13

Auch wir, seine Zuhörer, fanden die Wendung nur natürlich; da wir ebenfalls alle zu den Besuchern des Cafés am Schmiedtor gehörten, gefiel es uns, daß man sich in unserer Stadt mit dieser Eigenschaft ausweisen konnte. So oft Huemer zu der Episode mit dem Polizisten kam, wie es dem genügt hatte, in ihm einen Mann zu erblicken, der im Schmiedtor verkehrte und der deshalb nicht weiter verdächtig war, gab es in unserer Gesellschaft lebhaften Beifall. Frau Perutka nannte es ›eine hübsche Episode‹, ein andermal sagte sie: Ich sehe unsere braven Kinder richtig vor mir! – mit ›Kinder‹ meinte sie die Mannschaft der jungen Polizeianwärter, deren Gesichter sie von der Kantine im Schloß her kannte; sie kam öfter hinauf als wir andern, und ihr hatten wir ja auch ursprünglich die Verbindung zu diesem Ort unserer gelegentlichen Zusammenkünfte zu verdanken. Sie hatte ihn entdeckt im Zuge einer ihrer Amtshandlungen bei der Verwaltung der ärarischen Gebäude; in den Akten, die ihr dabei zufielen (betreffend Miete, Instandhaltung und Aufsicht über diese Gebäude) kam auch das Schloß vor, es zählte darin nicht mehr als eine andere Kaserne oder Baracke oder auch als die Klosterruine, in der Seidler wohnte; aber wegen des ausgesuchten Weins, den der Schwiegersohn Glaser aus seiner halbungarischen Heimat bezog, und wegen der Zigaretten und Spirituosen, die bei ihm zu haben waren, bedeutete die Kantine für uns dann bald mehr. Nicht, daß wir nur dort oben zusammengekommen wären, wir trafen uns, wie es sich gab, auch anderswo, und vor allem regelmäßig im Schmiedtor. Aber die Schloßkantine der Polizei, öffentlich wenig bekannt, wurde für uns ein Ort, ähnlich wie es ein Klub ist. So erklärt sich der Ausdruck ›Kinder‹, den Frau Perutka gebrauchte, im übrigen bedauerte sie es, daß der Polizist, ganz augenscheinlich ein Anfänger, sich nicht um den Mann, der im Ortlieb Karten spielte, gekümmert habe, diesen Mann im blauen Hemd hätte er sich doch vornehmen müssen, meinte sie. Da widersprach ihr Etzel: Nein, es war kein Anfänger! und dann versuchte er, es ihr zu erklären. Er tat es auf seine Art, ausholend und auf Unterscheidung dringend. Er sagte, daß gerade durch solche Außerachtlassung gewisser Umstände der Polizist seinen Blick für das Wesentliche bewiesen habe, er habe in der Rechtslage den Punkt ausfindig gemacht, wo sie mehr sei als Rechtslage, und darauf komme es an, er habe die Verhältnisse der Teilnehmer legitimiert und dadurch überhaupt erst eine Rechtslegung möglich gemacht, ausgehend von einem legitimen Befinden, in dem Fall von Huemers Befinden als Gast im Schmiedtor. Es war für Frau Perutka zu schwierig, diesen Gedankengängen zu folgen, sie schätzte Kenntnisse und beklagte die Zwischenfälle, die Etzels Laufbahn als Jurist unterbrochen hatten, aber ging er nicht in manchem zu weit, Ausdrücke wie ›Rechtslegung‹ und ›legitimes Befinden‹ machten sie ängstlich, sie gab offen zu, es scheine ihr, daß mit ihnen die Voraussetzungen angetastet würden und der Zweifel komme, der dann nichts übrig lasse.

Aber aus Etzels Erwiderung dieses eine Mal entwickelte sich ein Gespräch, zunächst wollten auch alle andern zu der ›Sache selbst‹ etwas sagen. Bezirkshauptmann Reitsammer, der als Verwaltungsjurist eine gemütliche Nutznießung der Erkenntnisse gewohnt war, sagte: Das wäre doch eine Anekdote; darauf machte Frau Fattinger eine Bemerkung, nach der wir uns, wie schon öfter, fragten, wie sie es fertig gebracht hatte, ihren Mann zu heiraten. Hierzu muß man wissen, was ich in den Einzelheiten damals erst von Huemer erfuhr, der es wiederum von seinem Onkel, dem Domherrn hatte: Fattinger war Geistlicher gewesen, Chorherr in einem ansehnlichen Stift, er hatte dazu eine Lehrstelle für Theologie innegehabt; und in einem bestimmten Jahr, als in dem Stift dem alten Prälaten ein Koadjutor beigegeben werden sollte, war er unter den aussichtsreichsten Kandidaten genannt worden. Er wäre vielleicht einmal Abt oder sonst ein hoher Würdenträger geworden, hätte er in demselben Jahr nicht eine unerhörte Wendung gemacht: nämlich den Geistlichen ausgezogen und geheiratet – ein blühendes, schönes, einfaches Mädchen vom Lande, was es freilich auch blieb, als es bald hernach mit ihm in unsere Stadt zog, sie war Fattingers Heimat. Die beiden hatten es schwer wegen allerlei Mißgunst, aber Fattinger meisterte die Schwierigkeiten. Er ließ sich nicht zum Gegner seiner Vergangenheit machen, er behielt, was uns immer sonderbar vorkam, in Haltung und Rede etwas vom Geistlichen, ging auch, obwohl er als unwürdig galt, zur Kirche; und im Arbeitszimmer seiner Wohnung stand ein Betstuhl, allerdings ein verschnörkelter, barocker, was darauf hindeutete, daß ihm Religion auch eine Sache des Geschmacks war, an der er etwas genoß. Und merkwürdigerweise, mit Hilfe einflußreicher Gönner unter seinen früheren Oberen, bekam er dann die gutbezahlte Stelle bei der Kühlhausgenossenschaft, wo es nun mit ihm aufwärts ging. Die Bemerkung Frau Fattingers aber lautete: Wieso eine

Anekdote – es war doch ein ganz gewöhnlicher Polizist! Fattinger zog es vor zu schweigen, und sie hatte sich auch nicht an ihn, sondern an Huemer gewandt, der antwortete: Gewiß, ein ganz gewöhnlicher! Dann sprach Reitsammer wieder: Eben deshalb meine ich ja – er vollendete den Satz nicht, er fand dann diese Worte: Es ist nicht von ungefähr, ich würde es Tradition nennen, es ist ein Beispiel für Tradition, die Polizei in unserer Stadt weiß noch – er brach auch diesen Satz ab. Zum Glück war unsere Gesellschaft so aufeinander eingespielt, daß auch halbe Sätze Verständnis vorbereiteten, das zeigte sich an Frau Fattinger, sie fragte: Aber wieso weiß sie? – Ihr Mann wagte einen Einwurf: Die Leute wissen, was sich gehört! Von da an gingen die Stimmen durcheinander, eine Art patriotischer Befriedigung über den Tatbestand ergriff die Anwesenden. Reitsammer konnte ihn begründen. Nach seiner Ansicht war alles ganz einfach. Der Stadt, das wußte man, war von ihrer Mittelmäßigkeit nicht zu helfen. Sie war nun einmal nicht Stadt, in keiner Weise, nur ihre Polizei hatte Profil, aber eben darum, weil sie nicht aus ihr stammte. Es war bekannt, die Polizisten rekrutierten sich nicht aus der Stadt, sondern vom flachen Lande. Man hätte meinen können, sie seien umsomehr provinziell beschränkt, gerade dies war nicht der Fall. Auf dem Lande gab es noch, anders als in der Provinzstadt, die Möglichkeit freier und unmittelbarer Beziehungen zur fernen Hauptstadt, und überdies wurde die Polizei als Corps von dorther dirigiert, sie profitierte von der Strahlkraft dieser Zentralsonne (Reitsammer gebrauchte die Ausdrücke seiner von ihm bewußt gepflegten Amtssprache: ›Profil‹, ›dirigiert‹ und ›Corps‹), sie erstickte nicht an der nebligen Luft unter der provinziellen Nebensonne, die unsere Stadt war. Tradition, Sinn für Kategorien und die untergegangene Zentralsonne – mit solchen Worten verklärte Reitsammer die Handlung des einfachen Polizisten, der, indem er zuließ, daß man sich auf ein Caféhaus berief, zeigte, daß er Organ besaß für eine Welt, die es sonst nicht mehr gab. Aber sie ist notwendig, sagte er, und hier haben Sie ein Beispiel für Ihre Beständigkeit, ihre Widerstandskraft. Es war, als hielte er ein Referat vor seinen Beamten, er wandte sich an Huemer und bezog zugleich Etzels Auffassung in vereinfachter Form mit ein: Wenn Sie Ihre Geschichte erzählen, tritt dieses Notwendige hier hervor, sie wird legitim erst durch die Figur des Polizisten!

So kam (worin sich Reitsammers Eignung für sein Amt als Bezirkshauptmann erwies) alles unter einen Hut, und auch Frau Perutka glaubte nun zu verstehen, was Etzel gemeint hatte. Fattinger aber, der es nicht unterlassen konnte, in Begriffen seines früheren Standes zu denken, sagte: Es ist ein Symbol. – Er warf einen Blick auf seine Frau und sagte: Es könnte auch ein Priester sein, es findet doch etwas statt wie eine Beichte? – Reitsammer lehnte diese Auslegung ab: Nein, kein Priester, wir wollen auf unserm Boden bleiben! Er setzte hinzu: Vergessen Sie, bitte, nicht, der Staat ist ein Apparat von Laien! – Aber nicht unser Staat! rief Fattinger aus und bemühte nun seinerseits die Tradition – unser Staat ist mehr, oder es gibt ihn gar nicht! – Aber Sie sehen doch, daß es ihn gibt, sagte Reitsammer, er wollte beschwichtigen, weil er wußte, daß über dieser Frage in unserer Gesellschaft Streit war. Aber diesmal war mit einem Vergleich niemand zufrieden, und Etzel wurde angerufen, von ihm konnte man Klärung erwarten. Etzel hatte schon zu viel getrunken, er sagte: Jeder von Ihnen hat recht, und das ist kein Widerspruch, es gibt unsern Staat und gibt ihn auch nicht. Wenn Sie mir folgen wollen – ich möchte sagen: es gibt ihn nur als etwas Geträumtes, es ist alles geträumt bei uns! – und behauptete dann: Wir leben im Exil. – Er erläuterte diese Behauptung, indem er sagte, die alte Wohnung draußen, in der Seidler seine Arbeit nicht fertig kriege, wie Huemer erzählt habe, sei ein solcher Exil-Ort, ebenso die beiden Cafés, das Ortlieb wie das

Schmiedtor. Die Geschichte Huemers spiele überhaupt im Exil. Anderswo, sagte er, kenne man ein Exil nur außerhalb des Landes; bei uns habe man das Land nicht verlassen, habe es aber selbst in ein Exil verwandelt, habe gewissermaßen in dem, was *da* sei, Aufenthalt genommen wie in etwas Vergangenem – wir verstehen uns, schloß er – ich verstehe Sie doch richtig, wandte er sich an Huemer. Der hatte gegen diese Deutung nichts einzuwenden, und was die Polizei als Richtstück des Legitimen betraf, so brauchten wir uns nur umzusehen an dem Ort: draußen das verwahrloste Schloß mit feuchten Höfen und abgetragenen Kasematten, dem Trakt, in dem die Lehrgänge der Polizei untergebracht waren, den Dachböden, auf denen ein Lager für Flüchtlinge gehalten wurde; und herinnen das Gewölbe der Kantine, in der dies alles zusammenkam, die Polizeianwärter ihr Bier tranken, die Flüchtlinge Waren tauschten; und hinter der Theke mit schwarzem Pußtascheitel und glänzenden Augen in dem roten Gesicht der Schwiegersohn Glaser, der seinen Zigarettenhandel extra machte und sich durch nichts aus der Fassung bringen ließ; aber ebensowenig wurden die Polizisten irrgemacht von dem Unübersichtlichen, nie ganz Durchschaubaren der Vorgänge: sie kamen, grüßten, es strengte sie nichts an, und wären draußen an den Toren nicht die modernen Bereitschaftswagen gewesen, sie hätten trotz junger Gesichter auch aus einer andern, ins Grab gegangenen Zeit kommen können.

Frau Perutka hatte dafür einen besonderen Sinn: ihr Mädchenname war ungarisch und hochadlig, sie stammte aus einem ehemals reichbegüterten Hause. Niemand hätte es ihr angesehen, sie war schwarzhaarig, klein und hatte braune Haut wie eine Zigeunerin, sie war unendlich tüchtig; nichts, das sie nicht wahrgenommen hätte. So bedeutete ihr, als sie vor nun schon vielen Jahren in unsere Stadt verschlagen worden war, auch das Schloß etwas; und als sie mit dem Kantinenwirt den Pachtvertrag aufgesetzt hatte, war sie bei ihm sitzen geblieben und hatte sich ein Glas Wein bringen lassen. Ihr gefiel der Ort; sie kam wieder, beim zweiten Mal begleitete sie Etzel, der damals noch ihr Vorgesetzter im Amt war. Eben hatte er sich in der Abteilung für ärarische Gebäude zur Not wieder installiert, nachdem er zuvor in seiner Laufbahn verunglückt war, für Frau Perutka war er der angenehmste Mensch mit den besten Manieren in der Stadt. Etzel – ich habe von ihm schon etwas erwähnt – beherrschte ein Dutzend Sprachen und außerdem das Schlosserhandwerk, das ihn sein Vater ein Jahr lang zwischen dem Universitätsstudium bei einem Meister hatte lernen lassen; für ein anderes Jahr hatte er ihn nach Cambridge geschickt und für ein Semester an die Sorbonne. Er hatte als Bezirksrichter begonnen, man prophezeite ihm raschen Aufstieg, knapp vor dem Absprung ins Ministerium war er gestrauchelt, er war, obwohl verlobt, zugleich in eine erpresserische Affäre mit einem jungen Mann verwickelt gewesen. Die Sache wurde beigelegt, er mußte nur aus der Richterlaufbahn ausscheiden, er kam als Jurist in die Verwaltung, auch hier führte er sein Amt glänzend, kurz danach kam er zum zweiten Mal zu Fall. Beim dritten Mal konnte man ihn nicht mehr decken, und nun gab er Sprachunterricht. Er war nicht mehr derselbe wie früher, und in manchem glich er Seidler, in andern Zügen hatte sein Schicksal Ähnlichkeit mit dem Fattingers, wie bei diesen war es stehengeblieben. Nur war Etzel, ganz abgesehen von seiner Eleganz, liebenswürdiger als die beiden, und daß jemand wie Frau Perutka ihn mochte, erklärte sich aus diesen Vorzügen, kam aber letzten Endes von dem ihm sonst als Mangel angerechneten Teil seines Wesens. Nicht bloß, daß Etzel ihr angenehm war, weil sie vor ihm nicht auf der Hut zu sein brauchte; sie schien in ihm auch eine andere Form ihrer selbst zu erblicken, eine, die es besser hatte, weil in ihr von vorneherein erlöst war, was in der durchaus weiblichen Natur stets unerlöst blieb, aufgeopfert und überwältigt: die unabhängige Person. Jedenfalls hielt sie Etzel nicht für unglücklich, und unter ihrem Schutz war er es auch nicht. Sie gab nur auf ihn acht: wenn er zuviel trank, durfte man ihn nicht allein nach Hause gehen lassen. Neben ihr hielt er sich in einem halb schwebenden Zustand, und es gelang ihm am ehesten in der Schloßkantine, er sah dort den Polizisten zu, wie sie Karten spielten, und saß immer unter dem Schutz der Frau, der er umgekehrt vollendet höflich, zurückhaltend und mit einer melancholischen Noblesse begegnete; *sie* sog das Fluidum des alten Gemäuers in sich ein, und *ihn* traf aus der Entfernung das Fluidum der sich in Uniform bewegenden Männer; so saßen sie in dem rauchigen Gewölbe auf dem um eine Treppe erhöhten Fensterplatz und sahen über den Blechdächern der Altstadt, die steil zum Fluß abfiel, die Sonne untergehen, messinggelb den Strom, und rauchiges Hügelland auch.

Der schönste Platz in der Stadt, sagten bald auch die andern Teilnehmer unserer kleinen Gesellschaft, als wir dann alle hingingen und öfters kamen, wir redeten dem Wirt zu, das Gewölbe auszubauen und es, abgetrennt von der Kantine, zu einem ausgesuchten Lokal zu machen, wir stellten ihm vor, daß er gutes Publikum gewinnen und gute Geschäfte machen könne. Der Wirt hörte gern zu und tat, als erginge er sich ernsthaft in Plänen, dann wieder trat er zu den Polizisten und den Flüchtlingen, die von ihrem Dachboden kamen, das Bier aus der Flasche tranken und von ihrer früheren Heimat sprachen. So wurde es für alle ein Ort der Phantasie bei untergehender Sonne: die Frau sprach mit dem höflichen Mann an ihrer Seite, aber sie sah auch auf die dicken Mauern, so wie er auf die zur Abendstunde hereintretenden Mannschaften sah; die Flüchtlinge sahen Bilder der Vergangenheit, der Wirt sah ein Bild der Zukunft.

14

An dem Abend aber war von Huemer und seiner Begegnung mit dem Polizisten die Rede, und wie es dann mit ihm weiter gegangen war: da konnten wir verstehen, er fühlte sich nun nicht mehr verlassen. Er fragte den Polizisten, ob er sich die Nummer des Autos aufschreiben solle. Der Polizist sagte: Sie können es tun. Aber ich bin überzeugt, Sie werden die Frau finden, wenn Sie jetzt in die Sandgasse gehen und dort nachfragen. Wahrscheinlich hat jemand sie heimkommen sehen, in einer solchen Gasse bleibt nichts unbemerkt. Aber schreiben Sie sich die Nummer ruhig auf. Wenn Sie keinen Erfolg haben, können Sie Anzeige machen. Anzeige gegen Unbekannt. Dann können wir nachforschen.

Der Polizist sprach wie ein Freund, der Ratschläge gibt. Aber Huemer gestand uns, daß er sich die Nummer des Autos dann doch nicht aufgeschrieben habe. Auch er war zuversichtlich gestimmt und sagte sich, daß er die Frau finden und den Mantel wiederbekommen werde. Er mußte sich nur beeilen, Zeit war vergangen, der Vorsprung, den die Frau hatte, war größer geworden. Zu Anfang hatte sich Huemer vorgestellt (als ungeprüftes Bild nur, nicht als Möglichkeit), daß er sie vielleicht einholen könne, aber schon als er das Auto untersucht hatte, war ihm klar geworden, daß er sie auf der Straße nicht mehr werde treffen können; nun, bei dem Gespräch mit dem Polizisten, war er noch einmal zurückgeblieben, inzwischen mußte die Frau längst angekommen sein in der Sandgasse, er würde sich dort nach ihr erkundigen müssen; aber auch hierfür war die Zeit ein veränderlicher, schwindender Wert: je eher er hinkam, umso mehr Hoffnung war, daß er jemanden traf, der sie gesehen hatte, so schob sich ihm eine neue Berechnung an die Stelle der alten, das war nun sein Ziel.

Der Polizist sagte: Ich würde Ihnen gern behilflich sein und mit Ihnen gehen, aber ich habe meine vorgeschriebene Route!

Aber bitte, sagte Huemer, ich kenne mich doch aus in der Sandgasse! Der Polizist wünschte ihm viel Glück, er verabschiedete sich und ging. Er bog in den Spittelanger ein. Huemer mußte in die andere Richtung.

Es gab zwei Wege, auf denen die Frau in die Sandgasse hatte gelangen können. Der kürzere war die Gasse ›Am Stein‹, sie führte vom Ortlieb als eine schmale Schlucht zwischen den enggestellten Häusern schnurgerade auf den Berghang zu, an ihrem Ende erhob sich, halb auf der Böschung, und das war ursprünglich der ›Stein‹ gewesen, die Mauer des Kapuzinerklosters, von ihr zweigte nach links, als Einsäumung des Berghangs, die Sandgasse ab. Der andere Weg führte um den Häuserblock herum und stieß dann in spitzem Winkel ebenfalls gegen das Kloster, an ihm lagen Geschäfte, aber er war ein Umweg, und die Geschäfte waren zu, es war nicht anzunehmen, daß die Frau ihn gegangen war, außer aus Gewohnheit. Huemer stand vor dem Auto, er versuchte sich vorzustellen, wie sie ausgestiegen war und welche Richtung sie eingeschlagen hatte. Er vollzog diese Überlegung nicht durch einen Gedanken, sondern durch ein Nachtasten des Körpers, er verließ sich auf diese Eingebung, und ganz so, als mache er die Frau nach, wandte er sich dann der Gasse ›Am Stein‹ zu.

Als er einbog, hatte er wieder dieselbe Empfindung, daß zuvor die Frau, so wie er jetzt, um den runden Sockel des Hauses an der Ecke gewischt war: der abgeblätterte Mauerputz, die von Rissen durchzogene Schicht über dem rieseligen Kalk schienen ihm die Berührung noch zu enthalten, wie sie mit dem Mantel daran gestreift war. Die Gasse ›Am Stein‹, in die, wie sie nach Westen gegen den Berghang lief, kaum einmal die Sonne fiel, war seit jeher eine unsaubere Straße gewesen; nun nach den Tagen der Hitze, in denen niemals ein Regen etwas weggespült hatte, roch sie nach dem eingetrockneten Kot der Hunde und dem Auswurf der Tauben. Huemer hörte von den Dachrinnen das leise Gurren, ein Flügelschlag strich ihm vor die Augen, er sah den Staub, der weiß wie Mehl auf den Gesimsen der Kellerfenster lag. Aber er sah immer auch – als etwas, das nur für ihn haften geblieben war, hingewischt wie ein solcher Flügelschlag und in der Luft dann nur aufgelöst, so daß es sich den Augen entzog und trotzdem in ihr schwebte – die Bewegung der Frau, wie sie vor ihm hier gegangen war und seinen Mantel getragen hatte. Das Bild verließ ihn nicht: eine Hauchgestalt, die sich mit dem weißen Mantel die Mauer entlang bewegte, das war ihm von ihr geblieben an dem Ort, den er nun mit seinen Schritten ausfüllte: er überquerte eine Straße, zuvor hatte sie es getan, und drüben gingen sie weiter, eben noch sie, jetzt er; Kinder hatten mit Kreide Himmel und Hölle auf das Pflaster gezeichnet, auf dem Blechdach vor einem Fenster kroch eine Fliege, sie summte auf und flog eine Weile neben Huemers Tasche, dann war sie weg; eine Taube schwebte von hinten an ihm vorbei, sie setzte sich vor ihm auf das Pflaster, seine Schritte scheuchten sie auf, ein Stück weiter vorne setzte sie sich wieder hin, dann flog sie ihm weit voran bis ans Ende der Straße. Dort war die Frau um die Ecke gebogen. Huemer sah voraus: er würde es ihr nachmachen. Er war nun doch mit ihr gegangen.

Das letzte Stück der Gasse stieg unmerklich an, wie der Berghang als eine im Pflaster versteinte Welle unter ihr auslief; den Häusern, damit sie die Waagrechte hielten, waren Stufen untergeschoben, und dann stand vorn über der Mauer das Kapuzinerkloster. Es lag mit Mönchshaus und Kirche wie eine Festung über der Straße. Huemer sah die Mauer, die mit schrägen Stützpfeilern den Hang hier abdämmte; mit einer winzigen Pforte nur öffnete sie sich zur Straße. Aber er wußte, daß es hinter ihr eine gedeckte Stiege gab, sie führte wie in einem Höhlenbau nach oben und mündete zwischen Kastanienbäumen auf einer freien Terrasse. Er sah sie vor sich: das Kapuzinerkloster war der Ort der Schulbeichte gewesen. Auf der

Terrasse lag Schnee, die Kastanien zeichneten ihre Schatten auf die weiße Fläche. Die erste Beichte war jedes Jahr im Dezember gewesen, knapp vor Weihnachten, die zweite zu Ostern, die dritte im Juni vor Schulschluß. Aber Huemer erinnerte sich nur an den Schnee und dann an die Kälte in der Kirche, sie kroch von dem Steinpflaster herauf, der Hauch blieb sichtbar vor dem Mund. Die Schüler knieten in den Bänken, sie lasen mit lauter Stimme im Chor die Fragen der Gewissenserforschung von einem vorgedruckten Zettel. Habe ich meine Eltern und Mitmenschen gekränkt durch Lieblosigkeit in Gedanken, in Worten oder in Werken? Es war eine abstrakte Sprache, ein Netz von Fragen, aber die Antworten mußten konkret kommen. Die Beichtstühle standen seitab im Kreuzgang, Stimmen wisperten in ihnen, kleine Gruppen sammelten sich vor den hölzernen, mit Schnitzwerk verzierten Häuschen, einzeln trat man in sie ein, einzeln ging man dann. Auf der Straße hatte sich der Schnee nicht gehalten, er lag nur oben in dem abgeschiedenen Reich. Huemer sah die Kastanien auf der Terrasse, ihre dichtgrünen Kronen quollen über die Mauer vor, hinter den Fächern aus Laub nistete der Schatten. Der Abend kam, Dämmerung trat in die Luft, und als Huemer sich nun der Sandgasse zuwandte, gingen in den Straßen eben die Lichter an. Sie kamen nicht überall zur gleichen

Zeit, in der unteren Hälfte der Gasse ›Am Stein‹ brannten sie schon, in ihrer oberen Hälfte kamen sie nur zögernd, eins nach dem andern. Wieder dauerte es eine Weile, bis sie auf dem Platz vor der Kapuzinermauer erschienen, die Sandgasse blieb noch dunkel. Huemer sah ein Zeichen an der Mauer, auf den grauen Stein war in Leuchtfarben eine Abweisung für den Verkehr gemalt: ein blauer Kreis mit einem weißen Pfeil in der Mitte, er zeigte nach links, wo die Sandgasse anfing. Es war nur Farbe in der Fläche, aber nun, da die Sonne weg war, und von dem Berghang sich überallhin die Schatten ausstreckten, trat der blaue Kreis mit seinem Leuchtstoffanstrich vor, als schwebe er frei im Raum vor einem in Dämmerung gezogenen Grund. Die Lampen brannten noch nicht in voller Stärke, sie gaben nicht mehr Helligkeit als immer noch am Himmel war, diese vermischte Helligkeit löschte den Dingen die Farben und strickte einen grauen Hauch vor die Körper. Es war ähnlich wie auf einer Bühne, wenn ein Gazevorhang niedergelassen wird, und der Schauplatz sich in Nacht verwandelt und zugleich nicht derselbe bleibt, sondern durch die Veränderung der Beleuchtung nun einen andern Ort bedeutet, auf dem die Handlung weitergeht – die Umrisse verschwimmen, die Bäume und Häuser, zu Schemen entkräftet, treten zurück. Huemer sah über der Sandgasse den wie bleichen Stein verdämmernden Himmel. Da gingen auch in ihr die Straßenlampen an. Lautlos pflanzte sich das Licht über Drähte hin fort und zuckte an den zuvor ungesehenen Punkten auf. Aus den Körpern wuchsen, von der Zeile der Lichter beschrieben, die Umrisse neuer Gestalten.

15

Huemer war nicht darauf gefaßt gewesen, daß er erst beim Dunkelwerden in die Sandgasse kommen würde. Das Gespräch mit dem Polizisten hatte so lange gedauert, zu ihm hatte er gesagt: ich kenne mich aus in der Sandgasse; die Vorstellung, wie er in sie eintreten würde, hatte sich ihm als Bild schon eingedrückt; nun da ein anderes Bild kam, fühlte er sich unsicher. Aber er hatte Glück. In dem ersten Haus rechts war im Parterre Licht, ein Mann sah zum Fenster heraus. Huemer konnte von ihm nicht viel erkennen, das Licht im Zimmer blendete ihn, und er mußte den Kopf heben, als er den Mann ansprach. Soviel unterschied er, daß es ein älterer Mann war, er trug einen Schnurrbart und rauchte Pfeife. Huemer sagte: Entschuldigen Sie, sehen Sie hier schon lange aus dem Fenster? Ich meine, dann müßten Sie gesehen haben, wer vorbeigeht. Es müßte eine Frau vorbeigegangen sein mit einem Mantel am Arm!

Der Mann fragte: Wann soll es gewesen sein? Huemer sagte: Vor einer halben Stunde. Vielleicht auch vor dreiviertel Stunden.

Ich bin schon immer da, sagte der Mann. Seit dem Nachmittag schon.

Und Sie haben niemand gesehen?

Eine Frau, nein; kann mich nicht erinnern. Es sind überhaupt nur wenig Leute gegangen.

Oder waren Sie einmal weg vom Fenster?

Vorhin einmal war ich in der Küche. Um Streichhölzer. Aber das war nur ein Augenblick.

Huemer überlegte: in diesem Augenblick konnte die Frau vorübergegangen sein. Dann fiel ihm ein, daß der Mann aber die Leute kennen mußte, die in der Nähe wohnten. Und wenn jemand in Zell draußen Verwandte hatte oder sonst aus einem Grund hie und da hinausfuhr – solche Dinge waren in einer Straße bekannt. Er fragte den Mann, er mußte ihm dabei auch etwas von seiner Geschichte erzählen, von dem Zufall. Der Mann konnte sich an niemanden erinnern.

Aber fragen Sie doch im Wirtshaus nach! sagte er zu Huemer und zeigte es ihm, er schickte ihn vor zum ›Weißen Adler‹. Huemer sagte ihm nicht, daß er das Wirtshaus kenne, er hätte ihm dann auch erklären müssen, daß er hier um die Ecke zuhause sei, vielmehr, wie der Polizist es ihm gesagt hatte, nicht zuhause – und er wollte nicht Zeit verlieren, er bedankte sich für den Rat und ging.

Auf dem Weg zum ›Weißen Adler‹ überkam es ihn selber sonderbar, daß er nun hier, wo er immerhin in ein Haus hätte gehen können, herumging wie ein Fremder, der niemanden kannte. Aber wenigstens den Wirt kannte er. Er kam zur Haustür, es ging zwei Stufen in die Tiefe, der ›Weiße Adler‹ war eins der älteren Häuser in der Gasse, die Fenster lagen kaum einen Meter über der Erde. In der Gaststube brannte Licht, auch in dem Garten daneben, der mit einer kleinen Terrasse bis auf die Straße vorging, hing eine Laterne. Aber kein Gast war da. Der Wirt kam aus der Schank, er trug sein Samtkäppchen und hatte einen blauen Schurz vorgebunden, er hielt das Geschirrtuch in der Hand, es war feucht von den Gläsern, die er ausgewischt hatte. Huemer fragte ihn. Aber auch der Wirt wußte nichts von einer Frau, die nach Zell hinausfuhr, und er hatte auch eine Frau nicht vorübergehen sehen, obwohl er lange vor der Tür gewesen war. Wann? fragte Huemer. Bis jetzt, sagte der Wirt; wie die Lampen angegangen sind, bin ich herein! Nun erst schien er Huemer zu erkennen. Sie waren es doch, fragte er; nachmittags, Sie sind doch vorbeigegangen! Huemer sagte: Ja, da hatte ich noch meinen Mantel!

Er bestellte ein Bier. Er war lange nicht im ›Weißen Adler‹ gewesen, das Gasthaus war wenig besucht, der Wirt, der gerne vor der Tür war, legte auf Gäste nicht Wert. Er hatte ein paar Fremdenzimmer an Leute, die ständig bei ihm wohnten, vermietet, davon lebte er. Auch jetzt brachte er das Bier in einer Flasche – obwohl Sonntag war, an welchem Tag auch die kleinsten Gasthäuser ein Faß anschlagen. Aber Huemer erinnerte sich, schon zu seiner Schulzeit hatte es im ›Weißen Adler‹ immer nur Flaschenbier gegeben. Das Gasthaus war den Schülern verboten gewesen, in einem Lokal so nahe der Schule sollten sie nicht verkehren. Trotzdem hatten sie es getan, aus Lust nur, dem Verbot zuwiderzuhandeln, und eine Zeit hatten sie sogar im oberen Stock ein Extrazimmer gehabt, von dem sie auf die Schule hatten hinübersehen können.

Beinahe hätte ich Sie nicht erkannt, sagte der Wirt. Sie waren lange nicht hier!

Ich bin immer so kurz in der Stadt, sagte Huemer. Er hörte seine eigenen Worte wie ein harmloses Echo, in dem von seiner Unsicherheit nichts mitklang. Hier bei dem Wirt konnte man so reden, sein Beruf war es, mit den Gästen leichthin zu sprechen und auch aus ihnen dieses Sprechen zu ziehen.

Viel auf Reisen? fragte er.

Heute komme ich von einer Reise.

Ich dachte es mir schon, wie Sie mit der Tasche kamen. Aber Sie sind dann gleich wieder weggegangen.

Es war niemand da.

Ah, ich verstehe! Und Sie sind ja eigentlich nicht richtig zuhause da!

Da war das Wort wieder. Der Wirt, der von Huemer nichts wußte, ihn nur kommen und gehen sah, hatte es als Redensart gesagt, aber für Huemer klang es wie Verdächtigung, Zuschreibung zweifelhaften Wesens. Diesmal hatte er selbst es heraufbeschworen. Wenn ich sage, es war niemand da, so heißt das doch, ich bin dort nicht zuhause, ich habe einen Besuch machen wollen.

Er trank sein Glas aus. Der Wirt fragte: Noch eine Flasche? Und warum machen Sie es sich nicht bequem? Sie könnten im Garten Platz nehmen!

Einen Augenblick zögerte Huemer, noch immer wollte er nicht Zeit verlieren. Aber dann besann er sich anders: wenn er sich draußen auf die Terrasse setzte, konnte er auf die Straße sehen, und vielleicht hatte die Frau einen Umweg gemacht und kam erst später. Er stellte es sich so vor: er sah sie kommen, sie sah ihn sitzen, und vielleicht hatte auch sie ihn gesucht. Sie brachte ihm den Mantel, und nun konnte er gutmachen, was er versäumt hatte, und er würde es ihr sagen; das war überhaupt ein Gedanke, er wollte nicht bloß den

Mantel haben, er wollte ihr auch erklären, daß er ihr etwas schuldig geblieben war.

Der Wirt nickte ihm zu, er ging ihm voran, aber nur so weit, bis er gewiß war, daß Huemer ihm folgte, dann kehrte er um. Huemer setzte sich an den vorderen Tisch. Er konnte die Straße überblicken. Er sah den glatt geschliffenen Asphalt. Früher waren es Pflastersteine gewesen, er erinnerte sich daran: wenn sie als Beichtkinder gegangen waren, hatten sie sich eingebildet, nur auf die großen Steine treten zu dürfen, die schmalen wollten sie überspringen, sie bedeuteten Sünde, davon war die Reihe in Unordnung geraten. Er hörte Schritte und beugte sich vor. Eine Frau kam die Straße herunter, sie war es nicht, die hier trug ein weißes Kleid, das Licht fiel in ihr Haar. Der Wirt kam, und nun, da Huemer Gast war, brachte er Flasche und Glas auf einem Tablett. Huemer trank mit raschem Zug und schenkte sich den Rest ein, der Wirt sah es mit Genugtuung. Huemer sagte: Mir fällt etwas ein – sie war in Trauer! – Wer? fragte der Wirt. – Sie hatte ein schwarzes Kleid an, sagte Huemer, und das ist doch ein Merkmal! – Trauer? Ah, Sie sprechen von Ihrem Mantel! – Da war Huemer schon aufgestanden, er nahm seine Tasche und ging in die Gaststube zurück. Der Wirt kam ihm nach. Kein Bier mehr?

Nein, danke, ich muß weiter!

Wie Sie meinen! Ich fürchte nur, Sie werden nicht mehr viel Glück haben so spät!

Aber die Frau muß doch irgendwo sein, sagte Huemer. Und wenn ich überall frage ...

16

Er war entschlossen, von Haus zu Haus zu gehen und bei jeder Wohnung zu fragen. Aber mit diesem Vorsatz kam er nicht weit. An dem ersten Haus war, als er eintreten wollte, die Tür gesperrt, er klingelte, es rührte sich niemand. Beim nächsten Haus hatte eine Frau im Schatten des Fensters ihn schon beobachtet, sie sprach ihn an, ehe er sie gesehen hatte, er fühlte sich wie ertappt und stotterte verlegen seine Frage. Die Frau wußte von nichts und wies ihn an eine Wohnung im oberen Stock. Aber dort brachte eben eine Mutter ihre Kinder zu Bett, Huemer sagte sein Anliegen nur halb und entschuldigte sich sofort, die Kinder blickten verwundert, die Mutter schüttelte den Kopf, er zog sich zurück. In dem Haus daneben erging es ihm nicht besser, er kam zu einem Kranken, der hustete und ihn überhaupt nicht verstand; zu einem Betrunkenen, der umgekehrt ihn in ein Gespräch über etwas ihm Unverständliches verwickeln wollte;

schließlich traf er ein junges Paar, das schlafen ging: die Frau saß am Bettrand und lächelte in das Licht, das Radio spielte, der Mann summte die Melodie mit. Jäh brach er ab. Huemer, der sich bemühte, nicht auf die Frau zu sehen, wollte den Mann auf den Flur bitten, aber der ließ ihn gar nicht erst aussprechen, sondern drängte ihn aus der Tür. Huemer war nun wieder auf der Höhe des Wirtshauses, er empfand, deutlicher als zuvor, das Peinliche seiner Lage und sagte sich umsonst, daß er in sie nur durch harmlose Zufälle gekommen war. Der Wirt hatte recht; und nun war es Huemer nicht angenehm, von ihm, den er wiedersehen und der sich dann erinnern würde, so betroffen worden zu sein: als Frager, Herumsucher. Von Haus zu Haus zu fragen, das war eine ausgedachte Sache, und die Rechnung, daß man dabei auf die Frau stoßen würde, stimmte nur außen, an den Fassaden; innen waren überall Menschen zuhause, davon waren die Räume unübersichtlich, da ging die Rechnung nicht auf.

Schon wollte er es überhaupt lassen, Zeit war vergangen, ihm kam sie nicht wie Zeit vor, sondern wie Strecke im Raum, als wäre die Sandgasse, in die er anfangs gekommen war, schon unendlich entfernt, sie war es noch immer, aber als der Ort, der sie gewesen war, lag sie zurück. Nur die Teile, aus denen sie sich zusammensetzte, hatten sich erhalten: es war in ihr noch immer nicht allein von den Lampen hell, auch der Himmelsstreifen hatte noch eine Spur Licht. Und die Luft war warm wie am Tage, davon war die Gasse nun selber ein Raum wie ein geöffnetes Haus, und anders als am Nachmittag in den von der Sonnenglut leer gemachten Straßen, regte sich jetzt hier und dort auch etwas von Menschen. Huemer stand unschlüssig an der Ecke der Klosterstraße, da hörte er Schritte. Er hörte ein Stück weiter vorn in der Sandgasse auch Stimmen, er ging ihnen nach, ging schneller, er hörte wieder die Stimmen. Es war ein Reden wie Scharren von Hühnern im Staub, Gelächter dazwischen, dann sah er die Leute, von denen es kam.

Sie blickten hier nicht bloß aus dem Fenster, sondern waren herausgekommen aus ihrem Haus. Es war, wie der ›Weiße Adler‹, eines der älteren Häuser, es stand auf der Bergseite vor dem Hang, war von seinen Bäumen überbuscht und um eine Mauer erhöht und abgerückt von der Straße. Der First reichte nicht hoch in die Bäume, die Fenster waren klein, die Stuben niedrig, die Fensterflügel gingen nach außen. Die Menschen saßen auf einer Bank an der Mauer, und zwei saßen auf der Stufe unter der offenen Tür, und ein paar noch seitab im Schatten auf einer andern Stufe, die Huemer erst, als er sich später selber dort hinsetzte, erkannte:

es war der alte Brunnenstein, der hier zum Hause gehört hatte; der Schaft war weg, das Loch in der Mitte war mit Zement überkleistert. Einstweilen sah Huemer an dem Ort nur, was ihn anheimelte, und so stellte er ihn auch in seiner Erzählung jedesmal dar, er entwarf von ihm, wie schon von andern Orten, an die er gekommen war, ein Bild, als würde ers zeichnen oder malen. Dabei kam seine Begabung als Zeichner heraus, er erzählte nicht eigentlich, sondern malte in Worten, und einmal malte er sogar wirklich alles hin, auf einem Blatt: vorn die Straße und rechts die mannshohe Mauer aus Feldsteinen und dahinter den Garten, zu dem ein paar Stufen hinaufführten; der Garten war mit Bohnenstangen und Sonnenblumen besetzt, er reichte bis an die Hauswand, an ihr stand die Bank, einige Schritte von ihr lag der Brunnenstein zwischen den Beeten. Hinter dem Hause setzte sogleich die Berglehne an, ihr Sandsteinabbruch wirkte noch einmal wie eine Mauer. Mit den Bäumen, die von seiner oberen Kante in die Höhe wuchsen, schloß auf dieser Seite das Bild ab. Auch die andere Seite hatte einen Abschluß, hier war es ein hochstrebendes, vielgliedriges Gebäude, das vom Rand des Bildes über die an der Straße liegende Häuserzeile hereinragte. Es waren kahle Flächen, dann wieder im Winkel davon abgesetzte Mauern mit Reihen großer Fenster, an einer Stelle war die

Wand im obersten Stockwerk überhaupt aus Glas. Huemer sagte, dies wäre der Zeichensaal. Da verstanden wir, daß dieses Haus die Schule war, sie war von hier zu sehen. Und auch das andere neuere Haus, in dem Huemers Onkel wohnte, war auf dem Bild. Er zeichnete uns sogar die Fenster der Wohnung ein, ein kleines Doppelfenster und ein größeres einfaches vor einem Balkon. Aus der Zeichnung ging hervor, daß die Blicke von der Schule und auch von dem Wohnhaus daneben auf den kleinen Gartenplatz vor dem alten Haus in der Sandgasse herübergehen konnten, und umgekehrt die Blicke von ihm auf das hochragende Gebäude entschieden gezogen wurden; eben das hatte uns Huemer darstellen wollen, er habe es sofort bemerkt, sagte er, und in einem bestimmten Augenblick sei es ihm dann wichtig geworden.

Er griff hier voraus, und ein eigentümlicher Mangel, ähnlich wie bei der Erzählung von seinem Besuch bei Herrn und Frau Seidler in Zell, zeigte sich an ihm: so gut er ein Bild zeichnen konnte, so wenig war es seine Gabe, die Reihenfolge der Dinge fest aneinandergekittet (wie sie in Wirklichkeit doch geschehen sein mußten) wiederzugeben. So lang er sich selber bewegte, auf der Straße oder mit der Eisenbahn oder im Auto, ging es, aber saß er einmal fest an einem Ort, so festigte sich ihm nichts mehr, er brachte mit Mühe eine Art Zusammenhang in die Sache. Bei der Schilderung seines Besuchs in Zell hatten wir uns wenigstens an die Uhrzeit zwischen den Zügen halten können und an einige Umstände: wieviel Zeit mochte vergehen, bis das Teewasser kochte; – von der Dauer seines Aufenthalts in der Sandgasse hatten wir schon jetzt keine genaue Vorstellung; er selber sagte von dem, was nun noch kam, es sei ihm sehr lange vorgekommen. Bei diesem Teil seiner Erzählung wurde mir endlich klar, wie manches überhaupt bei ihm sich abspielte und sich in seiner Geschichte verkettete: ihm fehlte der Sinn für die Aktion, er begriff nicht den Zusammenhang zwischen einer Sache, die ihm begegnete, und einer andern, zu der er sich dann regte; er kannte nicht die Folge zwischen Ursache und Entschluß, der zu einer Handlung führt; seine Entschlüsse waren keine, nicht einmal der Entschluß zu seiner Reise, von der er an diesem Tag zurückkehrte, war einer gewesen; er hatte nicht gewußt, zu wem er fuhr, ob zu Frau Sabotin oder zu seiner Frau; in ihm war nichts, das er für eine Bewegung, die er ausführte, verantwortlich hätte machen können. Was mir bei seiner Erzählung von der Reise aufgefallen war, bestätigte sich hier: er bewegte sich in Bildern. Wie er zu seinem Mantel gekommen war, hätte er selber nicht genau sagen können, und jetzt hatte er ihn verloren. Es sah so aus, als wolle er ihn suchen, und als wäre wenigstens das endlich eine Handlung und ein Entschluß, daß er ihn wiederhaben wollte, aber wollte er ihn wirklich haben? oder schwebte ihm auch hier nur das Bild vor, daß es ihn irgendwo geben mußte, und bestimmte ihn zu Bewegungen, die scheinbar Handlung waren, Aufsuchen, Erkundigung, Fragen. Er brachte uns, wie wir ihm nun weiter zuhörten, auf den Punkt, daß wir ihn dies ausdrücklich fragten, und es war auch ein Punkt in seiner Erzählung.

Zunächst füllte er uns das gezeichnete Bild aus mit Verweilen, die Umrisse der Bäume hinterm Haus mit dem Duft, der von ihnen strömte. Es war eben die Zeit, zu der die Linden blühten, auch von den Gartenbeeten kam Blumen- und Krautgeruch, von den Buschrändern sandten Holunder und Jasmin ihren Duft, und von den Menschen kamen Stimmen und junges Lachen. Ein Mädchen, noch im Sonntagskleid, saß auf der Bank und aß sein Nachtmahl: Kaffee aus einer Schüssel und dazu eingebröckeltes Brot; die ›Kaffee-Esserin‹ gab es sonst nur auf dem Lande, aber Bescheidenheit und Armut waren hier in der Vorstadt noch zuhause. Das Mädchen war im Kino gewesen, aus ein paar Worten hörte es Huemer, er hatte den Titel des Kinostückes auf einem Plakat gelesen. Ein junger Bursch mit dichtem dunklen Haar und aufgekrempelten Hemdärmeln sah auf das Mädchen nieder, er schien sein Begleiter gewesen zu sein und war hier nur auf Besuch noch mitgekommen; das zeigte sich, als er später zu Huemer von andern Häusern in der Gasse sprach; er war in der Nachbarschaft zuhause. Aber die beiden waren gar nicht im Kino gewesen, die Mutter des Mädchens erriet es aus der verwechselten Anfangszeit und sagte es ihnen auf den Kopf zu; sie gestanden es ein und sagten: spazieren; aber wohin, konnten sie nicht sagen; immer so dahin, sagten sie und deuteten in die Richtung der Bäume, über denen jetzt die Nacht heraufzog. Ein anderer junger Mann hatte kein Hemd an, seine Haut glänzte, er saß auf der Türstufe und bastelte an einem Feuerzeug. Dann waren ältere Leute da, träge Stimmen, und Kinder, die auf einmal aus der Dämmerung huschten und sich von den Büschen lösten. Innen im Haus pruzzelte eine Pfanne, von dort roch es nach Fett; heraußen mischte sich der Geruch des Kaffees aus der Schüssel des Mädchens mit dem Geruch der Blumen; von den Glutpünktchen der Zigaretten zog Rauch durch die windstille Luft. Die Glutpünktchen bewegten sich, als Huemer vortrat und sein Anliegen sagte, daß er eine Frau suche, die seinen Mantel habe, eine Frau, die in der Sandgasse wohne und von Zell hereingefahren sei. Als er zu Ende war, flammte ein Streichholzschein vor dem Gesicht eines älteren Mannes auf, der Mann sagte: Aber hier bei uns ist sie nicht!

Huemer erklärte, daß er dies auch nicht erwartet habe, es hätte ja sein können, aber eher hätte er gedacht, daß man jemand habe vorübergehen sehen oder vielleicht eine solche Frau kenne – es war nun schon Wiederholung, er sagte dasselbe wie zuvor zu dem Wirt und zu dem alten Mann am Fenster: es müßte Ihnen aufgefallen sein, eine Frau, die mit einem hellen Regenmantel geht, und sie war in Trauer, sie hatte ein schwarzes Kleid an!

Aber auch diese nähere Bestimmung half ihm nicht, niemand kannte eine Frau, die in der Sandgasse wohnte und in Trauer ging. Da tauchte in einem Fenster ein neues Gesicht auf, unkenntlicher noch als das des Mädchens, das auf der Bank saß, ein weicher dunkler Umriß, Schatten von Haar und Augen, der helle Rand einer Bluse.

Vielleicht war es die von Nummer zwölf? Die Friseurin, die geht doch in schwarz?

Aber nicht in Trauer, die färbt sich jeden Monat die Haare, und wenn es einmal paßt, geht sie in schwarz, sagte das Mädchen auf der Bank. Der Bursch, mit dem es spazieren gewesen war, sagte: Aber sie macht Ausflüge!

Huemer sah auf die Sprecherin im Fenster. Einen Augenblick kam es ihm so vor, als wäre sie selber die, die seinen Mantel hatte, etwas an ihr erinnerte ihn an die Fremde; aber zugleich wußte er, daß er sich täuschte: diese hier war eine andere Person, und sie sprach von einer dritten, die es auch nicht sein konnte, und nur weil ihm der weiche Umriß des Gesichts im Fenster gefiel, tat er, als forsche er der Möglichkeit nach. Er vervollkommnete sich dabei in der Beschreibung der Frau, die er suchte, und dachte doch nicht an sie, sondern wollte die Stimme aus dem Fenster hören mit: Ja, oder: Nein, oder: Nein, dann kann sie es nicht sein! Der sanfte Klang belebte ihn und lud ihn zu erstem Aufenthalt ein, er hatte nur fragen wollen, nun zog er das Gespräch in die Länge, indem er alle Einzelheiten seiner Begegnung auf der Straße erzählte, und weil er wegen des Mädchens im Fenster mit Teilnahme bei der Sache war, fesselte er auch die andern Leute. Alle hörten ihm zu, erwogen, wer es sein könne, gaben ihre Meinung ab; der Bursch, der zu der Kaffee-Esserin gehörte, bot ihm eine Zigarette an; der andere, der ohne Hemd vor der Tür saß, hatte inzwischen sein Feuerzeug in Ordnung gebracht, er knipste es an; die Mutter der Kaffee-Esserin lud Huemer ein, sich niederzusetzen. Er wollte das Mädchen im Fenster nicht aus den Augen verlieren, er setzte sich der Mauer gegenüber auf den Brunnenstein und sagte: Hier ist noch ein Brunnen, aber ist er noch in Gang? und als die Leute nein sagten, wollte er seine Meinung bestätigt wissen, daß der Brunnen nur abgedeckt sei und nicht überhaupt verschüttet; die Leute sagten: Nein, nicht verschüttet! da behauptete Huemer, er könne sich noch erinnern an die Zeit, als hier in der Gasse das Wasser von den Brunnen gezogen worden sei.

Bei dieser Bemerkung wurde uns klar, daß er hier bei den Leuten nicht seinen Mantel suchte, sondern daß er lange schon auf etwas anderes zuging; und wir glaubten nun auch zu verstehen, was er in Wirklichkeit suchte; die Bilder an dem Ort sagten es deutlich genug.

Aber wir hatten es uns zu einfach gedacht. Auf einmal sprach Huemer statt von Brunnenstein und Erinnerung wieder nur von dem Mädchen, auf dessen im Dunkel unkenntliches Gesicht hin er geredet haben wollte; davon sei das ganze Gespräch gekommen, sagte er. Wir wunderten uns, aber wir dachten, es werde sich vielleicht etwas entwickeln in seiner Geschichte zwischen ihm und einer andern Person. Schon zu Anfang, als er uns Herrn Wielands Tochter geschildert hatte, waren wir gespannt gewesen, ob er sie noch einmal treffen, sich etwa verabreden werde mit ihr; dann hatten wir in sein Zusammentreffen mit Frau Seidler Hoffnungen gesetzt; dann in seine Begegnung mit dem Mädchen auf der Straße; nun sahen wir dieses

Mädchen am Fenster, es gefiel ihm. Aber als er weiter erzählte, zeigte sich, daß es ihm zu nichts anderm gedient hatte als wieder zu einem Bild, an dem er sich eine Weile hatte festhalten können. Da sahen wir ein, daß er es zu einer Handlung nicht bringen würde; so wie er war, konnte sich nichts entwickeln. Eben noch hatte er nach dem Mantel gesucht, schon ihn vergessen. Er gab noch vor, nach ihm zu fragen; in Wirklichkeit sprach er davon nur dem Mädchen im Schatten zuliebe. Aber auch das Mädchen war nur ein Vorwand; ängstlich vermied er jede Wendung, die Verbindlichkeit und Teilnahme hätte sein können, so daß es aussah, als habe er zwar die Absicht, sich mit ihm einzulassen, könne es aber, weil anders beschäftigt, in diesem Augenblick noch nicht tun. Ich verstand erst später, daß es eine Nötigung war, die Huemer, indem sie ihn zu solchem Ausweichen bestimmte, von allen Wesen abhielt, und ihn hinderte, mit ihnen Verbindung zu haben; er mußte sie als Vorwand benutzen für etwas, das nur ihn allein anging: als Mittel, mit dem er sich beweisen konnte, daß er in einem bestimmten Augenblick an einem Ort wirklich war. Stets im Zweifel, war er darauf angewiesen, Menschen und Dinge auf diese Art für sich zu gebrauchen. Dabei versäumte er, was sie waren, mißachtete sie, lernte sie nicht kennen und verlor sie auch bald wieder. Auch von dem Mädchen im

Fenster nahm er im Grunde keine Notiz. Er nahm nur von sich selber Notiz: daß es ihn jetzt augenscheinlich gab an dem Ort, und er brauchte es solange nicht für Täuschung zu halten, als er im Stande war, mit dem Mädchen zu reden.

Manchmal gelang ihm das Außerordentliche, daß etwas von den Dingen zu ihm herüberging und ihn löste, und sie ihn dann aufnahmen, und er sie verstand. Es geschah ihm nun, im Fortgang seiner Geschichte, hier vor dem alten Haus. Ich habe Huemer, als er uns erzählte, über den Vorgang genau befragt. Aber es geschehe ihm selten, sagte er – damals, und er könne doch kaum etwas sagen!

Später, als ich mit ihm allein war, fragte ich ihn um ein anderes Beispiel.

Ja – es gebe eines, das ihm geläufiger sei, da habe er öfter Gelegenheit.

Ich bat ihn, es mir zu erzählen. Der Ort war hier der schon erwähnte Platz am Weifeninger See. Es gab an ihm das flache, bewohnte Ufer und das andere Ufer, an dem die Felsen steil ins Wasser gehen. An diesem andern Ufer kann man an einer Stelle landen und ein Stück in eine Schlucht gehen. Man sieht dann auch noch zurück auf das Ufer, an dem die Häuser und Wohnungen sind; aber herüben ist davon nichts. Die ganze Strecke ist unbewohnt. Aber etwas wohnt doch an ihr –

man kann es nur nicht deutlich erkennen. Es sind die zarten Gräser da und die in der Sonne zitternden Blumen, mit dunklen starken Farben stehen sie in den Felsritzen und strecken sich gegen die ebenfalls an ihnen zitternde Bewegung des Windes. Man sieht auch die farbigen Steine in den Schattenhöhlen der Felswand und dann die Falter, die über dem Abgrund aus Blau, Luft und Wasser, hinausfliegen. Und man hört dann, wenn man still ist, in einer Felsenbucht die Vögel pfeifen, unsichtbar, von oben her; und manchmal pfeifen welche sehr weit oben, fern. Es sind nur die Gräser, die Blumen und hie und da ein winziges Blitzen oder ein Summen noch in dem kleinen Gitter von Stein- und Pflanzenfiguren; aber in ihnen bieten sich andere Wesen dar, als am bewohnten Ufer die Gräser und Blumen es haben. Auch die Vogelstimmen kommen aus dem Unsichtbaren herunter als Rufe anderer Wesen. Man kann sie nicht erkennen; aber dann zeigen sie etwas vor in dem ruhelosen Zittern der Gräser und in dem unablässigen Rufen der Vögel; und nun weiß man: es sind die Unfaßlichen, Vergessenen, Abgeschiedenen, alle Toten und einmal Liebgehabten und Liebenden von dem eifrig bewohnten, zurückgelassenen Ufer. Und für Augenblicke weiß man, daß sie hersehen und immer noch sprechen wollen, immer noch da sind; und sie machen ihr Leben auch wahr an diesem andern Ufer – das verfehlte oder glückliche Leben von drüben; und es macht ihnen nichts aus, es zu wiederholen. Es ist davon von früher her noch so viel Figur in ihnen, daß es nicht vergehen kann, auch wenn es hinab ist. In dem Augenblick weiß man auch, daß man zu ihnen gehört – jetzt schon. Wenn man auch nur für einen Tag hinüberfährt und sonst scheinbar noch an dem bewohnten Ufer ist, lebt man doch schon an diesem andern Ufer, wo alles wiederkommt, nichts verloren ist, wo aber alles auch schon Vergangenheit ist, was an dem bewohnten Ufer noch lebt. Nur ist es an ihm immer Getrenntheit, nie Bleiben; und am andern Ufer, wo es vergangen schon ist, blüht es, geht es fort, unverstört, durch nichts getrennt. So fährt man hinüber und landet drüben und geht dann ungern zurück. Soviel davon.

Und es sieht nun so aus, sagte er, als er seine Geschichte weiter erzählte, als wäre man in die Enge getrieben. Aber es kommt anders.

Er schilderte zunächst wieder den Eindruck, den ihm das Mädchen gemacht hatte, und zwar mit Worten, die nicht voraussehen ließen, daß er dann aufstehen würde, als habe es dieses Mädchen nicht gegeben. Er hätte auch von der schwebenden Luft so sprechen können; mehr als von ihr hatte er von dem andern Wesen nicht behalten. Dabei war er im Augenblick gewiß nicht undankbar gewesen, und wenn er nun behauptete, nur des Mädchens wegen geblieben zu sein, war es nicht gelogen. Er hatte von ihm Belebung empfangen, nur war sein Gefühl so flüchtig wie echt. Die Freundlichkeit, die er empfing, deckte ihn wie rieselnder Laubfall zu, er war nicht im Stande, dieses Kleid von sich abzuschütteln, das ihn mit vielen Einzelheiten erwärmte; es erging ihm wie dem Mann aus dem Märchen, der in den Wald geht, sich vergißt und ein Baum wird. So verschwand Huemer gewissermaßen vor sich selbst auf offener Szene, und nur, was außer ihm war, blieb und durchflutete ihn. Er setzte uns dann aber die Einzelheiten in seiner Erzählung ausführlich vor: Gespräch von der Schule; ein paar der ältern Leute erinnerten sich an Namen seiner früheren Lehrer, an ihre Eigenheiten, an die Zeit, da Gasbeleuchtung gewesen war, an die bunten Schülermützen, an nichts eigentlich, das etwas wert war. Aber hier, in der Nachbarschaft, war es redenswert; und als Huemer dann von dem Haus daneben sprach, von der Wohnung und seinem Onkel, wunderten sich die Leute nur, daß er es nicht schon früher getan hatte. Es kam an ihm wie bescheidene Zurückhaltung heraus, während es in Wirklichkeit Unsicherheit war. Aber nun brauchte er unsicher nicht länger zu sein. Sein Onkel war in der Sandgasse bekannt, da war also auch er bekannt in ihr, zuhause, ein Nachbar, aber warum hatte man ihn nie gesehen? Doch – das Mädchen im Fenster schickte aus weichem, dunklen Umriß plötzlich seine Stimme des Erinnerns vor: es sei ihm gleich so gewesen, als habe es Huemer schon gesehen! Wo, fragte er; das Mädchen sagte: bei der Milchfrau, vorn an der Ecke; und dann gab es ihm einen Rat: dort übrigens könne er nachfragen wegen des Mantels, allerdings erst am andern Morgen, aber wenn irgendjemand über die Leute in der Sandgasse Bescheid wußte, dann die Milchfrau, zu ihr kamen alle. Das wird Ihnen bestimmt zu Ihrem Mantel verhelfen, sagte das Mädchen.

Ja, sehr gut, sagte Huemer. Er atmete auf. Nichts mehr von dem Mißtrauen, das ihm der Wirt gezeigt hatte, hing ihm nach, er begriff nicht, was ihm Zweifel gemacht hatte; die Leute hier vor dem alten Hause, die doch keinen Grund hatten, ihn zu hofieren, begegneten ihm neugierig, freundlich, voll Teilnahme und eifrig, als wäre seine Erkundigung ihre eigene Sache. Huemer war davon tief gerührt, er gebrauchte diese Worte. Noch als er erzählte, belebte ihn die Erinnerung, und beinahe kamen ihm Tränen. Wir verstanden nicht sofort, was ihn so ergriff. Während wir, im Zuhören, darauf gespannt waren, ob sich nun in der Sache mit dem Mantel etwas anzeigen werde, sahen wir ihn bei dieser Szene verweilen, als wäre es die, wo er ihn wiedergefunden habe. Es war ganz augenscheinlich ein heiterer und freier Augenblick für ihn gewesen, und nun sagte er es auch ausdrücklich mit diesen Worten:

Als ich da bei den Leuten saß, war mir ganz leicht zumute, und am liebsten wäre ich gar nicht weggegangen von ihnen!

Der Satz hat sich mir eingeprägt, weil sich an ihn in unserer Gesellschaft Huemers Geständnis knüpfte – eine Wechselrede, bei der er die Sache zugab. Es war Etzel, der ihn dazu brachte – mit einer Frage und in seinem gewöhnlichen Ton, als stelle er sie bei einer Ausforschung vor Gericht:

War es vielleicht die Sache, die Sie den ganzen Tag erreichen wollten, dieses Nachhausekommen und Reden, Sie haben es erwähnt?

Huemer sagte ohne Umschweife ja. Aber Etzel war nicht zufrieden. Er fragte: Es war doch nicht eigentlich, was Sie erstrebten? Ihre Reiseerlebnisse konnten Sie nicht loswerden bei den Leuten.

Huemer erklärte, an die Reise habe er nicht mehr gedacht. Seit wann nicht mehr? fragte Etzel. Huemer überlegte dann und sagte, nach seinem Gespräch mit Frau Seidler habe er aufgehört, ausschließlich an die Reise zu denken. Nun wollte Etzel wissen, ob etwas anderes da angefangen habe, ihn zu beschäftigen. Er sagte: Man will immer etwas Bestimmtes, man trifft es nur nicht immer sofort. – Dann machte er eine Andeutung, die uns alle sonderbar berührte: diese Pforte in der Mauer oder, um mit Frau Seidler zu sprechen, ›das Ende der Welt‹. Sie sind durch die Pforte gegangen, und dann stand ja unten gleich diese Frau, und das schnelle Auto kam. Hatten Sie nicht den Eindruck, Sie wurden erwartet?

Erwartet – von wem? fragte Huemer.

Man weiß nicht genau. Vielleicht hat jemand Forderungen an uns übertragen bekommen, und man rechnet nun schon auf uns, sagte Etzel. Es sollte Ihnen der Mantel abgenommen werden oder so ähnlich. Ich stelle es nur anheim. Es war wieder wie bei einer Ausforschung, wo eine Frage fallen gelassen wird zugunsten einer zweiten, in der die erste enthalten ist. Etzel sagte: Oder ich möchte Sie lieber so fragen – von welchem Zeitpunkt an war es Ihnen dann gleich, ob Sie den Mantel bekommen oder nicht?

Woher wissen Sie, daß es mir gleich war? fragte Huemer.

Das genügt, sagte Etzel, und nun faßte er alles zusammen, indem er die Sache an sich zog, wie es mit einer, ihm von seinem früheren Dasein her gewohnten Wendung hieß. Ich glaube, sagte er, es war dieser Zeitpunkt jetzt, den Sie uns eben geschildert haben, Sie sitzen auf dem Brunnenstein bei den Leuten in der Sandgasse und wollen von Ihnen nicht weggehen. Das Mädchen im Fenster spielt dabei keine Rolle, Sie geben es zu, etwas anderes spielt eine Rolle, Sie haben uns diese Zeichnung gemacht und es ganz deutlich hingemalt, hier, Ihre Schule, sie sieht mit so vielen Jahren auf Sie her, und hier die Fenster einer Wohnung, in der Sie gern zuhause wären, inzwischen dämmert Ihnen, daß Sie es nicht sind, weder in der Wohnung sind Sie zuhause, noch in der Schule, noch in irgendetwas von diesem Gebäude an Erinnerung, aber auf dieses Zuhause waren Sie aus den ganzen Tag, und nun kommt der Augenblick, in dem Sie merken, daß sie schon anderswo sind, da wird Ihnen gestattet, daß Sie sich das Bild noch einmal vorhalten. Solange Sie bei den Leuten sitzen, ist Ihnen, als hätten Sie ein Ziel erreicht, und deshalb sind Sie auch glücklich. Sie haben es vorhin selbst erzählt: die Gasse, nie genau gesehen, jetzt liegt sie vor Ihnen, jetzt werden Sie angesprochen wie einer, der dazugehört. Als ein Mann, der auffällt, sind Sie gekommen; als einer, der sich vertraut gemacht hat und sich daheim fühlt, gehen Sie weg, denn im nächsten Augenblick werden Sie das alles weglegen, und es wird Sie nicht einmal reuen – so sagten Sie doch, als Sie anfingen, uns die Geschichte zu erzählen: ein reiner Verlust, sagten

Sie, aber Sie hätten es nicht so empfunden; das waren doch Ihre Worte?

Ja, das stimmt, sagte Huemer.

Es stimmt, sagte Etzel, weil es für einmal genug ist, und es war ein freudiger Moment für Sie, das ist wichtig! Und am liebsten möchte ich Ihnen jetzt voraussagen, wie es weitergeht: Sie werden aufhören, den Mantel zu suchen!

Nein, nicht einfach aufhören, erwiderte Huemer, sondern ihn weggeben. Genau so: ich habe ihn weggegeben!

Das konnte sich Etzel nicht vorstellen. Auch wir andern konnten es uns nicht denken. Huemer sagte: Aber Sie waren doch dabei, Sie alle!

17

Es war eine Überraschung für uns, daß wir dem letzten Kapitel von Huemers Erlebnissen beigewohnt haben sollten, wir hatten davon nichts bemerkt, hatten auch keine Anhaltspunkte, erst allmählich klärte sich uns der Zusammenhang auf. Einstweilen ging es auch ohne uns weiter, mit ihm allein. So wie er nun von den Leuten Abschied nahm und auf der Straße dahinging: allein, freudig und leer zugleich, die Freude ohne Ursache, wenn ein Bild, das den Menschen verlassen will, nicht Ursache genug ist, wie es schwindet und ihn freigibt, es schwebt noch mit ihm, aus Umrissen aufgelöst zu einem Stoff, der sich einatmen läßt, ein Schwindel von Müdigkeit hineingemischt, eine Welle von Duft, warmer Hauch von Blüten dazugeweht, Durst – und bei allem, halb von der Freude, halb von der Müdigkeit stammend, ein Gefühl, das kaum mehr war als Gleichgültigkeit, sich aber dann verdichtete zu einer Art Unfähigkeit, Angst zu empfinden, nicht vor der leeren Wohnung, noch vor sonst irgendetwas. Wenn ein Zug ginge, würde er nicht ängstlich sein, ihn zu versäumen; wenn ein Gewitter käme, nicht Furcht haben vor dem Gewitter – dies hatte Huemer schon in seinem Bericht über den Nachmittag bei Seidler gesagt, nun setzte sich ihm das andere noch hinzu: er sah vorne das Wirtshaus, es brannte noch Licht, er konnte sich nicht mehr vorstellen, was ihm das Benehmen des Wirtes anhaben sollte. Er trat ein und bestellte ein Bier und ging vor auf die Terrasse und setzte sich dort an den grünen Tisch. Die Selbstverständlichkeit, mit der er es tat, war, wie alle solche Einzelheiten im Auftreten, auch wenn davon nicht gesprochen wird, sofort dem Wirt vernehmlich. Er enthielt sich jeder Anspielung, fragte nicht einmal, was Huemer ausgerichtet habe, sondern brachte das Bier und kehrte zu den Gläsern auf der Anrichte zurück. So daß Huemer in dem folgenden entscheidenden Augenblick allein war, ganz vorne wieder, er saß in der Ecke, mit der die Terrasse in die Straße vorragte, er war hell beschienen von der Lampe; der Kreis, den sie auf den Boden warf, schloß ihn gerade noch mit ein; und wie bei seinem ersten Aufenthalt konnte er alles überblicken, die Straße nach beiden Richtungen, und nun achtete er auch auf die Kulisse dahinter, auf das Schulhaus und das Wohnhaus. Aber es kam ihm davon keine Unruhe. Er wartete auch nicht, ob Schritte kämen, und als nun welche kamen, brauchte er sich nicht umzudrehen, er sah ihnen entgegen, wie sie sich in der Gasse näherten, und sah sie vorbeigehen, dicht unter seinen Augen, wie durch einen Brennpunkt. Dann sah er ihnen nach, wie sie sich wieder entfernten, in Richtung des Kapuzinerklosters, zu dem Ausgang der Gasse in die Stadt. Er wendete dabei, in der Bewegung, wie er ihnen folgte, langsam den Kopf. Wie lange alles gedauert hatte, konnte er nicht sagen. Auch aus welchem Haus die Frau gekommen war, hatte er nicht wahrgenommen. Aber er hatte sofort seinen Mantel gesehen, das auffällig weiße, als ein Viereck gefaltete Paket. Dann kam der Augenblick, da die Frau den Mantel zu verstecken suchte, sie war schon ziemlich nahe, sie hatte Huemer zu spät erkannt und konnte nicht mehr umkehren. Sie schob sich das Paket unter den Arm, preßte die Schulter zurück und zwängte es sich so halb an den Rücken. Aber dann hielt sie nicht durch. Nur ein paar Schritte war sie noch von der Terrasse, kam in ihr Gesicht dieses halb boshafte, halb ratlose Zucken, von dem Huemer die Spuren, die kleinen Kniffe neben den Mundwinkeln, schon kannte, es blinkte jetzt nur, anders als am Nachmittag, schnell hintereinander auf wie ein in Verzweiflung gegebenes Signal, und auch ihr Kopf geriet in eine drollig wilde Bewegung, sie schwenkte ihn hin und her, ähnlich wie im Käfig die Bären, sie muß dabei, obwohl Huemer sagte, sie sei immer weitergegangen, dicht vor ihm ein paar Augenblicke stillgehalten haben, unentschlossen, oder wenigstens zögernd während dieser unkontrollierten Bewegungen, mit denen sie ihm den Mantel anbot. Er nahm ihn nicht. Und es war bei ihm nicht wie bei früheren ähnlichen Malen einfach Nachgiebigkeit, Zugreifen oder Lassen vor dem Bild, Unfähigkeit es zu halten, sondern Abstand, Überlegung, und dann der Entschluß, sich von dem Mantel zu trennen, ihn nicht zurückzunehmen, ihn der Frau jetzt zu lassen. Er sagte kein Wort zu ihr, aber er sah an ihren Blicken, sie verstand seine Absicht, und nun ging sie auch schon wieder, es war vorbei.

Er wartete dann nicht, bis die Gestalt vorn an

der Ecke war. Er stand auf und ging. Er ließ dem Wirt im Gastzimmer eben so viel Zeit, daß er sich die Hand abtrocknen konnte, um den Geldschein zu nehmen, dann trat er auf die Straße. Er sah die Frau am Ende der Gasse unter dem Fenster, an dem er zuerst nach ihr gefragt hatte. Er ging in dieser Richtung.

Aber nun gab es Unterbrechung in Huemers Erzählung, und es lag nicht an ihm, der sich hier, wo es wieder voranging auf einem Weg, an die Folge der Schritte und hereinziehenden Dinge halten konnte und davon auch in seiner Erzählweise in Fluß kam, sondern an uns, seinen Zuhörern; wir wollten ihm nicht glauben, daß sich seine Begegnung mit der Frau so abgespielt habe, wie er sie geschildert hatte. Wir konnten uns die Sache selbst vorstellen; daß er sie nach ihrem Versuch, den Mantel vor ihm zu verstecken, durchschaut hatte, und daß sie sich umgekehrt ertappt gefühlt und erst recht verraten hatte, das alles konnte in Bewegungen und Blicken blitzschnell hervorkommen; und auch, daß es bei ihm ein Entschluß gewesen war, sich von dem Mantel zu trennen – auf welche Unterscheidung es ihm so sehr ankam – konnten wir nach allem Vorhergegangenen verstehen. Aber daß sich die Wendung dann so vollzogen haben sollte, ohne Worte, ohne Festhalten, wollten wir ihm, auch wenn wir seine Überraschung in Rechnung stellten, nicht glauben. Jedesmal an der Stelle erhob sich Widerspruch, ja, Zweifel, ob Huemers Geschichte überhaupt wahr sei. Der zu Anfang erwähnte Verdacht, es sei eine erfundene Geschichte, gehört hierher. Er wurde nicht geradezu ausgesprochen, aber er war in den angeführten Bemerkungen: Das haben Sie doch nicht wirklich erlebt, so etwas erlebt man doch nicht, das ist ja ein Traum, solche Dinge können einem nicht begegnen, die träumt man bloß!

Es war für Huemer schwer, dem Zweifel an der Wahrheit seiner Erzählung zu begegnen, und er stellte sich auch nicht sehr geschickt dabei an. Zwar behauptete er, wie ebenfalls eingangs erwähnt, daß er die Sache nicht erfunden, auch nicht geträumt, sondern erlebt habe, aber dann sprach er davon, daß er später allerdings einmal von der Frau auch geträumt habe. Er sagte: Es war ein eigenartiger Traum, dabei ganz einfach. Stellen Sie sich vor, mir träumt, ich mache meinem Onkel in der Klosterstraße einen Besuch. Sonst fahre ich immer mit dem Lift, diesmal ist er kaputt, ich muß die Treppe benutzen, und ich habe Ihnen das gläserne Stiegenhaus doch geschildert, man sieht von unten bis oben durch, da sehe ich, wie ich hochsteige, auf einmal die Frau, aber nicht mit meinem Mantel, sondern mit einem Scheuerlappen und einem Eimer Wasser; sie putzt die Stiege, sie ist als Bedienerin angestellt in dem Hause. Sie sagt es mir dann auch, als ich mit ihr rede, sie erzählt mir, sie wohne in einer Kammer auf der Hofseite neben der Hausmeisterwohnung und habe ihren festen Turnus: Putztage in den Fluren und im Stiegenhaus, Waschtage, Aufräumen bei den Mietern, soweit es geistliche Herren seien, dafür werde sie vom Domkapitel extra bezahlt. Auch zu meinem Onkel komme sie regelmäßig, sagt sie, hie und da verrichte sie Botengänge, und immer schon, seit das Haus stehe, sei sie hier im Dienst. Und wie es nun im Traum passiert: Ich denke überhaupt nicht an die Mantelgeschichte, sondern finde alles ganz natürlich und wundere mich nur, daß ich die Frau nicht schon früher gesehen habe. Sie sagt mir, ich sei doch immer nur besuchsweise bei meinem Onkel. Und dann fragt sie mich, warum ich es noch nie angestrebt habe, eine der kleinen Garçonnièren in der Mansarde zu bekommen, es würde doch manchmal eine solche Wohnung frei. Sie sagt: Durch Ihren Onkel haben Sie doch Beziehungen; Ihr Onkel kümmert sich natürlich nicht, ob irgendwo im Hause etwas frei wird; aber ich weiß es immer, und wenn es Ihnen recht ist, kann ich Sie benachrichtigen! – Ich will ihr antworten, da wache ich auf!

Huemer sagte: Und nun urteilen Sie selbst – so etwas träumt man, alles völlig unmöglich, da können Sie den Unterschied sehen: die Sache, die ich erlebt habe, hat mit Traum nichts zu tun!

Wir empfanden es umgekehrt; unsere Zweifel an Huemers Bericht über seine Begegnung mit der Frau hatten durch diese Traumerzählung eher zugenommen; und als er dann weiter erzählte, kam eine zweite Unwahrscheinlichkeit, ein Zufall wieder, und so gestellt, daß er uns den Verdacht, es sei alles Erfindung, nur noch verstärkte. Es geschah folgendes: Huemer ging durch die Stadt, und er ging dabei hinter der Frau her, aber nicht aus Absicht, ihr nachzugehen. Er erwähnte das gleich zu Anfang, als er, nach Abschluß der Szene im Wirtshaus, weitererzählte: daß er dort aufgebrochen sei nicht wegen der Frau, sondern er wollte in die Kantine am Schloßberg. So viel leuchtete uns ein. Da er jetzt nicht mehr herumsuchen mußte, fiel ihm das ein; er konnte den Faden des Gewöhnlichen, von dem er abgelenkt worden war, wieder aufnehmen. Er erinnerte sich an die Auskunft des Geschäftsführers im Schmiedtor, daß Etzel dort gewesen, aber dann weggegangen sei und die Kantine aufgesucht habe; er vermutete, daß, wenn inzwischen andere von uns ins Schmiedtor gekommen seien, sie vom Geschäftsführer dieselbe Auskunft erhalten haben würden; somit war Aussicht, in der Kantine jemanden zu treffen. Die Rechnung stimmte. Als Huemer davon erzählte, erinnerten auch wir uns nun an den Abend nach dem heißen Sonntag, wie wir zunächst nur froh gewesen waren, daß die Hitze endlich aufgehört hatte und der Tag hinunter war, uns dann aber der unvergleichlich milde Abend noch einmal unternehmungslustig gemacht hatte, sodaß wir uns nach und nach, ohne Verabredung, am Schloßberg einfanden. Und nicht wir allein, in der Kantine war noch lebhafter Betrieb gewesen: von Polizeischülern, die durstig von ihrem Sonntagsurlaub kamen, von den Flüchtlingen, denen es auf dem Dachboden zu heiß war, und von Leuten aus der Altstadt am Hafenkai, die immer um diese Stunde, wenn drunten in den Volkscafés noch tote Zeit war, hier heraufkamen und über ihren Geschäften tuschelten. Diesmal war alles lebhafter als sonst und dehnte sich aus, und auch Huemer kam ziemlich spät.

Aber so weit wollte er uns noch nicht haben. Er war vielmehr noch an der Stelle, wo es endlich wieder voranging, nur waren es nicht seine Schritte allein, die Frau ging immer vor ihm. Er ging durch die Gasse ›Am Stein‹, bog aber, bevor er zum Café Ortlieb kam, in Richtung der Altstadt ab – da war auch die Frau dort abgebogen. Er kam an den Graben, wo es links um die Ecke ging in die Gasse, die auf den Schloßberg führte – die Frau ging links in diese Gasse. Huemer sah nun aufmerksam voraus auf die Punkte, an denen sie abzweigen konnte, aber sie blieb vor ihm auf seinem Weg. Er versuchte, sie nicht zu beachten, aber er hörte ihre Schritte, sah ihre Gestalt, sah den Mantel, wie sie ihn unterm Arm trug; ein paar Mal drehte sie sich um. Es kam das letzte steile Stück der Schloßgasse, sie ging langsamer über das bucklige Pflaster, am Tor holte er sie ein. Sie sagte: Warum gehen Sie mir nach?

Ich gehe Ihnen nicht nach, sagte Huemer.

Nein, das ist nicht Nachgehen? Unten haben Sie mir aufgelauert! Da hätten Sie sich den Mantel ja gleich nehmen können! Da hätten Sie sich den Weg ersparen können!

Ich bin Ihnen nicht nachgegangen. Und ich will auch den Mantel nicht.

Dann wollen Sie etwas anderes. Glauben Sie, ich merke das nicht? Aber nehmen Sie sich in acht! Wenn Sie also den Mantel jetzt wollen ...

Ich habe Ihnen schon gesagt, nein!

Die Kniffe in ihren Mundwinkeln blinkten auf, es konnte für ein Lächeln gelten, das nur nicht herauskam, das Gesicht blieb böse. Na, gut. Aber dann will ich Ihnen sagen: auch nichts anderes. Das wollte ich Ihnen nur sagen. Und damit

Sie mich besser verstehen: ich habe Bekannte da drinnen!

Bekannte habe ich auch, zu denen geh ich, sagte Huemer.

So ähnlich überlieferte er uns den Anfang seines Gesprächs mit der Frau. Wir atmeten auf, daß es nun doch ein Gespräch gab nach dem unmöglichen Vorbeigehen in der Sandgasse. Aber als Huemer weiter erzählte, kam auch in diesem Gespräch etwas auf, das uns unmöglich erschien. Aus den Worten der Frau, wie er sie wiedergegeben hatte, war zu verstehen gewesen, daß sie sich gegen ihn gestellt und ihn direkt angegangen hatte; ganz offensichtlich hatte sie ihn einschüchtern und ihn daran hindern wollen, ihr zu folgen. Nun behauptete Huemer, seine, der Frau unerwartete, Erklärung, daß auch er in die Kantine zu Bekannten gehe, habe sie entwaffnet; sie habe eingesehen, daß er ihr nicht nachstelle.

Diesen zweiten Abschnitt seines Gesprächs mit der Frau stellte uns Huemer eher als freundlich dar. Das feindselig Drohende kam nicht mehr vor darin, nur Fragen. Zuerst eine Frage der Frau, die nicht verstand, warum er den Mantel nicht wolle; und als er ihrs deutlich erklärt hatte, daß er ihn weggeben wolle, ihre plötzliche Verwunderung: Und Sie wollen nichts dafür haben? – und auf seine Frage, ob es ihr noch nicht vorgekommen sei, daß jemand etwas weggab, ihre Antwort: Nein, das ist mir noch nicht passiert, außer es wollte einer etwas von mir; und heftig dann ihre beinahe wie Aufforderung herausgeschüttelte Frage: Aber irgendetwas müssen Sie doch von mir wollen! – Huemers Antwort: Jetzt habe ich es schon bekommen! Was haben Sie bekommen? hatte sie gefragt; und nun seine Erklärung:

Ich habe nicht mit Ihnen gehen wollen – dann mußte ich Sie suchen – da habe ich etwas bekommen.

Darauf ihre Antwort: Was hat das mit mir zu tun?

Huemer sagte, er habe versucht, der Frau das alles richtig auseinanderzusetzen, aber es sei ihm wohl nicht gelungen, sich verständlich zu machen. Sie habe ihn ausreden lassen, ein wenig befremdet und gelangweilt; er habe gemerkt, seine Worte hätten sie zwar über seine Absichten noch einmal beruhigt, ihr aber sonst nicht viel Eindruck gemacht.

Na gut, habe sie wieder gesagt, ich weiß nicht, was Sie wollen – warum Sie mir den Mantel nicht wegnehmen oder mich anzeigen – Sie werden ja einen Gund dafür haben. Es geht mich auch nichts an!

Er habe ihr geantwortet: Nein, es geht nur mich an!

So ungefähr hätten sie gesprochen; Huemer sagte, er habe die Reden nur dem Sinne nach im Gedächtnis. Aber eine, die nun folgte, bezeichnete er ausdrücklich als wörtlich. Die Frau habe, sagte er, mit den Schultern gezuckt, als sei nicht er, sondern sie gewissermaßen der Teil, an dem es liege, die Sache auf sich beruhen zu lassen. Diese Verkehrung der Umstände sei ihm komisch erschienen. Aber dann habe sie ihn angesehen mit einem nüchtern abschätzenden Blick, ohne dabei verlegen zu werden, und plötzlich habe sie gesagt:

Oder wollen Sie nie etwas?

Nun schilderte er uns das so: er habe diesen Blick von ihr empfangen und die traurige tote Stimme gehört und das kindliche Gesicht gesehen und die Leere dahinter. Er habe sich dem Blick nicht entziehen können, und auf einmal habe ihn darin ein Erkennen gegrüßt, eine mitleidige und zugleich grausame Teilnahme, ja sogar ein Anflug von Interessiertheit und Kameraderie, wie man sich sonst unter seinesgleichen verständige. Um sich deutlich zu machen, sagte Huemer: Zum Beispiel gibt es zwischen Leuten, die voneinander wissen, daß sie dieselbe Krankheit haben, diese Art Witterung und Verständigung; oder auch zwischen Frauen, die ehebrecherisch leben; oder ganz alltäglich, zwischen Leuten, die irgendetwas gemeinsam haben, von dem sie nicht sprechen. Er gebrauchte den Ausdruck: eine fürchterliche Vertraulichkeit; er habe die Worte der Frau ›Oder wollen Sie nie etwas‹ wie Berührungen gespürt und in ihnen seine Wahrheit erkannt, und daß es immer so sein werde mit ihm.

Hier, bei dieser Stelle, erwachten unsere Zweifel. Es war für uns nicht recht glaubhaft, daß so viel auf einmal einhergegangen sein sollte mit ein paar Worten aus einem halbverschatteten Gesicht. Aber Huemer blieb dabei, mehr hätten sie nicht gesprochen, er wollte sich sogar an eine Art peinlicher Gesprächspause erinnern, während der ihm bei der Frau der Schmutz an den Stöckeln ihrer Schuhe wieder aufgefallen sei und hinter ihrer Gestalt das abgebröckelte Mauerwerk mit der bloßliegenden roten Ziegelschicht – aber in ihrem Gesicht habe er noch immer das Erkennungszeichen gelesen neben den andern, äußeren Dingen, die er an ihrem Platze beobachtet habe. Er stellte uns diese Eindrücke: Schmutz, Mauerwerk und noch einiges dergleichen, im einzelnen vor, als könne er durch eine solche Aufzählung die Wirklichkeit seiner Erfahrung, die strittige Zeit des unglaubwürdigen Nichtsprechens nachweisen. Er gab dann zu: allmählich sei ihm alles wieder ganz gewöhnlich erschienen, auch das Gesicht der Frau. Es war auf einmal nichts Besonderes mehr an ihr, sagte er, ich habe es deutlich gesehen – zuvor dieses Wort, und dann nichts mehr.

Die Szene war zu Ende, die für Huemer so wichtig, und für uns so schwierig war.

Er wollte daraufhin die Frau aufgefordert haben, mit ihm das Lokal zu betreten. Das sei nun, im Zusammenhang, etwas gewesen, das sich von selber ergeben habe. Er habe gesagt: Wenn wir beide Bekannte hier haben, können wir ja einmal nachsehen, ob sie da sind!

Die Frau habe gesagt: Na gut, von mir aus, gehn wir! – in einem Ton, als kenne sie ihn schon lange. Er sei mit ihr dann durch das Tor in den Hof und weiter durch den langen Hausflur gegangen.

Wir fragten ihn, ob er denn wirklich mit ihr zusammen hereingekommen sei. Er sagte: nein, nur bis an die Tür; da hätte sie darauf bestanden, sich von ihm zu trennen. Er sagte: Und bei diesem Hineingehen – ich hatte nicht den Eindruck, daß sie sich da noch besonders mit mir beschäftigte. Sie hatte meinen Mantel unterm Arm, als wäre es nun einmal so. Was sie dabei dachte, und ob sie etwas dachte, und was sie vorhatte hier bei ihren Bekannten, war ihr nicht anzumerken. Ich habe sie deshalb auch nicht gefragt.

Dies war ein Punkt, der uns wieder nicht befriedigte in Huemers Darstellung; ohne diesen

Umstand wäre er doch mit der Frau nicht zusammengekommen, wir verstanden nicht, daß er es unterlassen hatte, sie danach zu fragen.

18

Wir saßen zu der Zeit, da er am Tor mit ihr redete, schon in der Kantine. Nun, da er uns um so viel später an demselben Ort den Hergang erzählte, wurden wir um nichts klüger. Wir hatten erfahren, daß auch die Frau hierher zu Bekannten gegangen war, aber nicht, wie es kam, daß sie ausgerechnet an dem Abend zu ihnen ging und noch dazu mit dem Mantel in der Hand. Dabei sah es so aus, als sollten wir mit diesem Requisit noch eine richtige Auseinandersetzung erleben – zugleich wußten wir aus unserer Erinnerung, daß wir sie nicht erlebt hatten, oder wir hatten davon nichts bemerkt. Was nun auch kommen mochte, jedenfalls war uns zuviel Zufall dabei, er brachte uns, wie zuvor schon, zu dem Verdacht, dieses Zusammentreffen sei eine Erfindung. Da staunten wir wieder über Etzel, der uns das Unwahrscheinliche wahrscheinlich machte, er sagte: Genau das habe ich erwartet, ich bin die ganze Zeit schon gespannt auf den Augenblick, in dem herauskommt, daß die Frau mit dem Mantel weggegangen ist, um ihn zu verkaufen!

Huemer sagte: Wie, Sie hatten es erwartet? Nun, Sie nicht? fragte Etzel. Nein, mich hat es überrascht, antwortete Huemer, mir ist es dann erst im Lokal klargeworden. Ich ging doch ein paar Mal hinüber in den andern Raum, zu der Frau, Sie haben es vielleicht bemerkt!

Aber wir hatten es nicht bemerkt, und nicht einmal Etzel hatte es bemerkt, er war uns in der Wahrnehmung nicht voraus, nur in der Vermutung. Daß die Frau darauf aus war, den Mantel zu verkaufen, und zwar in der Kantine im Schloß – für ihn war es das Nächstliegende. Stellen Sie sich vor, sagte er, behalten kann sie ihn nicht, es ist zu gefährlich, der Eigentümer wohnt in der Nähe. Vielleicht sogar ist sie beobachtet worden, und sicher braucht sie Geld. Also verkaufen, und je schneller sie ihn loswird, umso besser. Aber nun ist Sonntagabend, die Trödler haben zu. Da fällt ihr ein, in der Altstadt sind diese Lokale, in denen gekauft und verkauft wird, ohne daß man viel fragt. Da ist vor allem die Kantine im Schloß, dort sind immer Leute!

Übrigens waren es gar nicht Bekannte, sagte Huemer, das hat sich später herausgestellt. Sie hat von Bekannten nur gesprochen, um mir Angst zu machen.

Und hatten Sie Angst? fragte Etzel.

Wieso, ich wollte doch den Mantel nicht mehr haben!

Natürlich, sagte Etzel, da hatten Sie auch keine Angst mehr. Aber sehen Sie – es stimmt! Nicht einmal Bekannte, sondern nur: weg mit dem Mantel!

Es stimmte in der Vermutung, in der Erzählung, da ging beides zusammen zu einer Figur, über die es dann keinen Zweifel mehr gab, und in der alles, so wie Etzel es gesagt hatte, das Nächstliegende war. Uns blieben trotzdem Zweifel. In der Wirklichkeit gab es dieses Nächstliegende nicht. Wenn wir uns vorstellten, wie es sich abgespielt hatte, blieb uns etwas Unwahrscheinliches und Willkürliches übrig. Vielleicht kam es nur davon, daß wir am selben Ort waren, in der Kantine, in deren Umkreis alles einzelne dieser letzten Szene geschehen war. Um es uns vorzustellen, brauchten wir es uns nur an eben diesem Orte vor Augen zu setzen. Das machte uns empfindlich für Nachprüfung. Wir sahen die Stühle mit den abgeschabten Beinen, die Tische ohne Tischtuch, das blankgescheuerte Blech am Ausschank – das alles war abgebraucht, aber es enthielt etwas, das überhaupt nicht verbraucht werden konnte: Beständigkeit, unvergleichlich mehr als die Geschichte, die nur hinzukam wie vorübergehende einseitige Benutzung. Es ließ alles Mögliche zu, nicht bloß dieses ›sagte‹ und ›kam‹ und ›sah hinüber zu ihr‹ – aber wir hatten sie gar nicht gesehen. Auch draußen am Tor hatten wir die beiden nicht gesehen. Gewiß hatte uns Etzel das Unwahrscheinliche erklärt, und wenn wir hinausgingen, sahen wir das Tor, das Wappen über dem Schlußstein, das Muster des Pflasters, die Ziegel der Bastion, und sahen auch die Gestalten an dem Ort sich bewegen: Huemer holte die Frau ein, sie drehte sich nach ihm um und sprach ihn an, und nun redeten sie, und dann gingen sie weiter. Aber als er jetzt am Tisch saß und davon erzählte, war es nicht dieser stumme Vorgang, sondern ging in Sätzen dahin, und es waren nicht die Sätze, die er draußen gesagt hatte, da kam (in dem, was zwischen den Sätzen ausblieb, ähnlich wie in einer Kopie Stellen ausbleiben) das Unwahrscheinliche wieder herauf. Die Sätze herinnen hießen: ›ich sagte, sie sagte, dann gingen wir hinein‹, aber wie es draußen wirklich geschehen war, kam darin nicht vor; Zeit war vergangen über Worten, die gesprochen wurden, über andern, die nicht gesprochen wurden; im Ganzen über bestimmten Bewegungen der Lippen, über Gedanken, über Blicken, zuletzt über Schritten; schließlich war die Frau herinnen – das uns vorzustellen hatte die Geschichte zuwege gebracht, sie teilte uns eine Art Ergebnis mit, aber in Wirklichkeit war etwas anderes geschehen als dieser Transport.

An der Geschichte selbst wurde es deutlich: als Huemer nun weiter erzählen und fortsetzen wollte mit dem Augenblick, wo wir, wie er gesagt hatte, ›alle dabei‹ waren, kam heraus: er hatte nichts mehr zu erzählen. Er konnte sagen: Sie saß drüben in dem andern Zimmer, und ich konnte den Tisch sehen durch die offene Tür, es war schlimmer, als ich erwartet hatte, da saß sie bei ein paar finsteren Leuten aus der Gegend des ›Maxim‹, und denen stand im Gesicht, daß sie es darauf anlegten, die Frau übers Ohr zu hauen, und sie fürchtete sich, am liebsten hätte sie den Mantel wieder weggepackt, aber die Burschen hatten ihr Opfer gewittert und ließen es nicht mehr los. Da bin ich zum ersten Mal hinüber. – Wir hatten es nicht bemerkt. Es ging immer einmal jemand weg von unserm Tisch; Etzel, so erinnerten wir uns, stand an dem Abend eine ganze Weile unten am Ausschank bei den Polizisten; er war schon in dem Zustand, daß er sich gern dort aufhielt, bürgerliche, höflich leise Unterhaltung pflog, und stets ein Wort fand, sie weiter zu knüpfen, wenn es auch nur war, daß er den Mann, mit dem er sprach, zu einem Glas Wein einlud, und dabei nicht vergaß, für sich selber eins zu bestellen. Zwischendurch stand auch Fattinger auf, er ging ans Radio, um nach dem Zeitsignal seine Uhr zu stellen. Und überhaupt gingen Leute hin und her, auch von andern Tischen, nicht bloß von unserer, im Erker abgesonderten Gesellschaft. Wir hatten den Vorteil, daß wir wie von einer Loge in den Raum blicken konnten, aber sonst fühlten wir uns nicht getrennt von der Bewegung der andern Gäste. Hinter einer Runde Kartenspieler standen Kiebietze, dann hatten sie es satt und traten an die Anrichte zu dem Schwiegersohn Glaser. Von dem Lager auf dem Dachboden kamen Mädchen, sie wollten Bier holen. Aber sie brachten leere Flaschen zum Umtausch und mußten warten, und die Wartezeit konnte so kurz nicht sein, daß nicht die Jungen aus der Kaserne das Radio eingestellt und sie zum Tanzen weggeholt hätten. So drehte sichs durch den Raum, wechselte den Ort, war immer Bewegung. Nicht anders war auch Huemer für uns weggegangen, und wenn er davon doch anders erzählte, nämlich, er habe mit der Frau ein paar Worte gesprochen, angelegentlich freundlich, um ihr bei den Partnern Ansehen zu verschaffen, so zählte das nicht hier herüben. Nach Huemers Ansicht waren wir ›dabei‹ gewesen, aber wir waren in unserer Gegenwart gewesen, nicht in der seiner Geschichte. Das war kein Dabeisein, sondern getrennter Ort, getrennte Zeit.

Nicht daß er unbeachtet geblieben wäre an unserm Tisch, oder wir in einer Art unerzählten Daseins, von dem es kein Zeugnis gab, einfach dahingetrunken hätten; auch bei uns waren Einschnitte, von denen wir allenfalls hätten erzählen können. Wir sahen ihn weggehen, nun stand er drüben; wir machten unsere Wahrnehmungen, nun kam er zurück. Das war ein solcher Einschnitt – er saß eine Weile bei uns, und da gab es, von ihm hinzugebracht, ein Vorher und Nachher: Erwähnung seiner Nachfragen im Café Schmiedtor, Erwähnung seines Anrufs bei Reitsammer; bei Frau Perutka hatte er umsonst geklingelt, doch stellte sich aus diesem Umsonst eine Beziehung her: Frau Perutka hatte eben zu der Zeit am See nahe Weifening an ihn gedacht, ihr hatte es gefallen dort am Ufer, sie fand, daß Huemer, wenn er auch nur als Gast bei Bekannten in Weifening wohnte, um diesen Platz zu beneiden sei. Nein, ich weiß, sagte sie, es ist nicht ein ganz richtiges Zuhause geworden für Sie, aber muß man denn alles haben? – Wir hatten von Huemer über seine Weifeninger Verhältnisse nie etwas gehört, augenscheinlich war Frau Perutka darüber besser unterrichtet als wir. Aber sie wußte ja überhaupt eine Menge Dinge, von denen wir nichts ahnten, verkehrte mit Leuten, die wir nicht kannten, sie sprach von dem allem niemals; manchmal entschlüpfte ihr eine Bemerkung wie diese – ein Hinweis. Ich wollte ihn mir später zunutze machen, als ich anfing, Huemers Geschichte aufzuschreiben; ein

Detail aus seinem Weifeninger Dasein wäre mir, um die Sache abzurunden, willkommen gewesen. Aber Frau Perutka war hier, wie in allem Persönlichen, verschwiegen. Ich konnte mir aus ihren Andeutungen nur ungefähr einen Zusammenhang machen, als ich erfuhr, daß Huemer ursprünglich wohl, bei seiner Übersiedlung nach Weifening, gedacht hatte, auch seine Frau werde dort, zu bestimmten Zeiten im Jahr, bei ihm wohnen; aber dann war sie nie gekommen; und daraus konnte ich mir klarmachen, daß Weifening für ihn, statt daß er sich ein Zuhause errichtet hätte, etwas immer Vorläufiges geblieben war: ein Ort des Alleinseins – nicht von Beginn, aber dann dafür umso deutlicher: zuerst Warten, dann Alleinsein.

Auf diese Unvollkommenheit hatte Frau Perutka angespielt, als sie ihre Bemerkung zu Huemer machte. Aber viel mehr war ihr dabei wohl um das an sich Vollkommene des Ortes zu tun gewesen; am liebsten wäre sie draußen geblieben, erklärte sie, wäre nur morgen nicht wieder Amt! Immerhin war sie ziemlich spät erst zurückgekommen und noch gar nicht zuhause gewesen; ihr Mann hatte sie in der Stadt am Schmiedtor abgesetzt; sie hatte, falls wir im Café wären, nicht fehlen wollen, als letzte war sie dann in die Kantine gekommen. Hier gab es ein anderes neues Vorher und Nachher in aufeinanderfolgenden

Phasen: zuerst war Etzel allein in der Kantine gewesen, und seinetwegen, um ihn nicht im Stich zu lassen, war Frau Perutka hauptsächlich gekommen. Inzwischen waren aber wir andern schon da, und nun kam schnelles Trinken bei Etzel; auf uns hörte er nicht. Später trank er langsamer, das begann mit Frau Perutkas Erscheinen, sie mäßigte ihn. Aber nun: Etzel stand an der Schank, er hatte sich in dem zu weit schon vorgeschrittenen Zustand bei Tische nicht halten lassen, und was er hier weniger getrunken hatte, trank er dort umsomehr. Frau Perutka machte sich Vorwürfe, daß sie so spät gekommen war. Dazwischen Huemers Eintreffen, und alsbald seine kurze Abwesenheit bei Leuten im andern Zimmer, die wir nicht kannten; als er zurückkam, fragte ihn Frau Perutka, ob er es sich zutraue, Etzel wegzuholen – nicht sofort, sagte sie, er hat ja eben ein neues Glas! Damit begann ein Nacheinander verschiedener Versuche, die Frau Perutka anstellte, um Etzel zurückzuangeln. Man mußte den Augenblick abpassen, wenn er mit dem Glas zu Ende war und nicht sogleich ein neues bekam. Huemer gab obacht, er tat es in Frau Perutkas Auftrag, so war seine Anwesenheit bei uns durchaus fest und bestimmt: der Augenblick war da, er stand auf, aber es gelang ihm nicht, Etzel vom Schanktisch zu lösen. Da stand Frau Perutka selber auf, auch bei ihr dauerte es eine Weile, ehe sich Etzel bewegen ließ, ihr zu folgen. In der Zeit saß Huemer bei uns am Tisch, Frau Perutka hatte ihn hergeschickt, sie hatte gesagt: Besser, ich versuche es allein! – und das war wieder ein Abschnitt Huemerscher Gegenwart für uns an dem Abend. An dieser Geschichte, wie der störrische Etzel zu Tische geführt wurde, hatte er teil, und daran konnten wir uns auch erinnern, aber nicht an die Geschichte drüben, die er erzählte, und von der wir nichts wußten, als daß er auf einmal wieder weg gewesen war, er war es ein paar Mal, wir unterschieden es nicht scharf; nun jedenfalls, kaum daß Frau Perutka mit Etzel am Arm zurück war, was wir zählten, stand er auf und ging weg. Für ihn, der dieses andere zählte, war es das zweite Mal Wegseins, er hatte von drüben Streit und Lärmen gehört, auch die Stimme der Frau, als ob sie sich zur Wehr setzen müsse; dann drüben hatte er nicht sofort verstanden, worum es bei den Leuten ging. Nicht um den Mantel, das sah er – die Frau hatte ihn auf dem Schoß, sie saß eingezwängt zwischen den andern, die vor ihrem Gesicht hin und her schrien, und nun unterschied er: zwischen diesen andern war Streit ausgebrochen in einer Sache, die mit der Frau nichts zu tun hatte. Er bedeutete ihr, sie solle die Gelegenheit wahrnehmen und unauffällig verschwinden. Sie wollte aufstehen, aber der

Mann zu ihrer Linken, mit dem sie wegen des Mantels im Gespräch gewesen war, hatte sie trotz dem Streit nicht aus den Augen gelassen. Er drückte sie auf den Platz zurück. Sie machte noch einmal eine Anstrengung freizukommen, aber da war es zu spät, das Schreien war bis an den Schanktisch gedrungen, nun hatten zwar die Polizeianwärter nicht Dienst, aber es gab einen Wachhabenden, er stand auf einmal bei den Streitenden. Augenblicklich waren sie still. Aber ohne ein Ergebnis konnte ein solches Eingreifen nicht abgebrochen werden, und nun schob es sich auf die Frau. Darin hatten ihre Partner Übung, die Aufmerksamkeit von sich abzulenken auf jemand Dritten, und die Frau mit dem Mantel auf dem Schoß war im Handumdrehen die am meisten auffällige Person an dem Tisch; nur weil sie da saß, zog sie die Fragen auf sich, woher dieser Mantel? Daß es ein Herrenmantel war, brauchte der Polizist nicht zu fragen, er sah es; daß die Frau ihn verkaufen wollte, sagte ihm seine Erfahrung, er fragte nur: Woher? Er hob den Mantel vor die Augen und las von dem eingenähten Schildchen den Namen der Werkstatt Wieland. Der gute Name, ein Stück, das Wieland gezeichnet hatte, hier bei diesen Leuten – es war ihm schon genug für einen Verdacht. Aber die Frau konnte nicht einmal sagen, woher sie ihn hatte. Der Polizist war fix im

Nachdenken, Wieland hatte keinen Massenausstoß, man würde herausbekommen, für wen er diesen Mantel gemacht hatte. Zeigen Sie mir Ihren Ausweis, sagte er zu der Frau. Dann wollte er Aufsehen vermeiden. Oder besser, Sie kommen mit!

Da trat Huemer dazwischen. Er konnte die Rechnung vorzeigen, sie lautete auf seinen Namen, er zeigte seine Papiere, der Polizist prüfte sie nach der Vorschrift, er sagte: Aber dann ist es doch Ihr Mantel! Huemer sagte: Nein, ich habe ihn abgegeben. Ich hatte ihn mir anfertigen lassen, aber dann konnte ich ihn nicht brauchen! Der Polizist kannte Huemer beiläufig von unserm abgesonderten Tisch im Erker. Die Frau kannte er nicht, da wollte er doch genau, gewissenhaft, jeden Zweifel ausschließend, fragen. Aber er richtete die Frage wieder an Huemer: Also gehört der Mantel rechtmäßig dieser Frau? – Ja, rechtmäßig, sagte Huemer, es ist ganz in Ordnung!

Wir hatten herüben den Lärm gehört, aber nicht verfolgt, was drüben geschehen war, und als es nun still wurde, beachteten wir es kaum. Es gab hie und da solchen Streit in der Kantine, auch Eingreifen der Polizei, aber es war jedesmal schnell wieder vorüber. Als Huemer zurückkam, waren wir mit einer Einmischung beschäftigt, die uns herüben betraf. Reitsammer war ans Telephon gerufen worden, er hatte einen Anruf seiner Frau erhalten, und zugleich mit Huemer, als der Platz nahm, kam auch er wieder an den Tisch, und er schien, anders als Huemer, der ruhig vor sich hinsah, nicht eben bester Laune zu sein. Was war? fragte ihn Frau Perutka. Nur Ärger, antwortete er, und erzählte, seinem Chauffeur sei bei der am Sonntag sonst lässig gehandhabten Kontrolle in der Zentrale nach augenscheinlich vorbereitetem Plan ein Protokoll abverlangt, er sei befragt worden, wohin er ihn am Nachmittag gefahren habe, ob es eine Dienstfahrt gewesen sei. – Wie oft habe ich Sie gewarnt und Sie gebeten, sich in acht zu nehmen, sagte Frau Perutka. Reitsammer sagte: Jetzt ist es leider sehr unangenehm für mich, und ich weiß nicht, wie ich mir helfen soll. Können Sie mir nicht helfen? Ich würde Sie sehr bitten! – Frau Perutka war nicht der Meinung, daß Hilfe da so einfach sei. Aber als sie nun von Reitsammer hörte, seine Frau habe schon unter der Hand erfahren, er müsse gewärtigen, daß er am andern Tag zu seinem obersten Vorgesetzten bestellt werde, um Aufklärung zu geben, wußte sie, daß es um seine Stellung ging, und daß diesmal gegen ihn der Schlag geführt werden sollte, den sie, wegen bestimmter Leute, die sich des unbequemen tüchtigen Beamten entledigen wollten, lang schon befürchtet hatte – und sie fand, daß man ihn nicht im Stich lassen dürfe. Ich kann etwas tun, mit jemand sprechen, sagte sie. Ihre Stimme war dabei so alltäglich und leise und ihre Ankündigung so allgemein, daß Reitsammer, an eine andere, dick auftragende Sprache gewöhnt, durchaus kein Vertrauen daraus nahm; und wie immer kam er sich auch zu wichtig vor. Aber Sie wissen doch, daß es ernst ist! sagte er dringlich anspruchsvoll, und nun konnte er auf einmal das Zittern seiner Hände nicht verbergen, und auch in seinen Blicken war nur noch Furcht. Da antwortete ihm Frau Perutka: Natürlich weiß ich es, man will Sie um Ihre Stellung bringen. Aber wenn es ernst ist, warum haben Sie dann Angst?

Ich hörte es, wie sie das sagte, sie saß mit ihrem braunglühenden wilden Gesicht, dem schwarzen Zigeunerhaar, den hellen Augen darin, mir gegenüber. Sie gefiel mir wie jedesmal, aber diesmal fiel mir auch an Huemer etwas auf. Er saß neben ihr, er hob sein Glas, um mit ihr anzustoßen, er trank es in einem Zug leer. Reitsammer sah es, er sagte mißbilligend: Man merkt, Sie sind ein freier Mensch und haben keine Sorgen! – Huemer sagte: Aber Sie haben es doch eben gehört – man braucht nicht Angst zu haben. Wenn man nur weiß, woran man ist, und daß es ernst ist ...

Er wandte sich dabei an Frau Perutka, er sagte es zu ihr und dann noch einmal zu Reitsammer, das Wort fiel nun, in der Wiederholung, uns allen auf; und weil wir von Huemer eher Ängstlichkeit gewohnt waren, prägte es sich uns ein. Ein solches Wort – ›wenn man weiß, woran man ist, und daß es ernst ist, braucht man Angst nicht zu haben‹ – hatten wir von ihm nie gehört, und nun, da er seine Geschichte erzählte, erinnerten wir uns auch daran, daß er es damals an dem Abend gesagt hatte, so viel waren wir ›dabei‹ gewesen – aber es war ja, wie wir nun verstanden, auch das Wichtigste für ihn bei der Sache gewesen. Oder überblickte er es nicht ganz?

Ich habe es zu Anfang erwähnt: in Huemers Geschichte blieb etwas offen. Er selber wollte manchmal behaupten, er habe sich geändert; dann wieder das Gegenteil – wir hatten von Änderung an ihm in dem dreiviertel Jahr, um das die Sache zurücklag, nichts bemerkt. Gewiß, er war ohne die Ängstlichkeit, die wir früher an ihm gekannt hatten, er tat seine Arbeit, er war auch freundlicher geworden. Aber das konnte man Änderung nicht nennen. Mir kommt es eher so vor, als wäre die gelegentliche Anspielung Huemers, der unsichere Satz, daß er sich geändert habe, ein Satz für die Erzählung gewesen, mit dem er sich uns, seinen Zuhörern, angepaßt hat. Die Erzählung soll ja, in möglichster Deutlichkeit, ein Ergebnis haben, und es soll in ihr (so will man es wenigstens bei uns, wo nach Fattingers Worten auch der Staat mehr sein muß als er ist) tunlichst etwas sichtbar gemacht werden von einer, entgegen allem Anschein, irgendwo doch vorhandenen Ordnung der Welt. In dem Bestreben wohl, solchen Ansprüchen zu genügen, hat Huemer seine Erfahrung, man brauche nicht Angst zu haben, zunächst der Deutlichkeit halber übertrieben und sie dann, aus Freundlichkeit, einfach verwechselt mit hoffnungsvoller Änderung, als habe damals bei ihm Fortschritt, Verbesserung, Umkehr, neuer Anfang begonnen. Erst hinterher, oder in den Pausen, immer dann, wenn er aufgehört hatte, zu erzählen, war ihm bewußt geworden, daß er dergleichen Errungenschaften nicht vorweisen konnte; da hatte er erkannt, daß er in der Erzählung einem Mißverständnis seiner selbst erlegen war, einem Irrtum aus Wohlwollen. Auch mir ist es mit Huemers Geschichte nicht anders ergangen. Noch als ich mir einzelnes aus ihr schon notiert hatte, schien sie mir auf Änderung abzuzielen. Jetzt, wo ich mit ihr zu Ende komme, weiß ich, daß diese Auslegung nicht stimmt. Nun frage ich mich aber, ob nicht überhaupt in Wirklichkeit alles in ihr viel unscheinbarer geschehen ist – dasselbe, aber sprachlos, und eins ins andere gehend, nicht so, wie Huemer es erzählt hat und wie es hier steht. Etwas war ihm genommen worden, etwas anderes hatte er erhalten. In der Sandgasse war er an einen Ort gekommen, als wäre er zu Hause. Da hatte er Kraft gespürt und den Mantel weggegeben und war auch im Stande gewesen, zu erkennen, daß er in Wahrheit an diesem Ort nicht zu Hause war. Es hatte ihm nichts ausgemacht zu verzichten; einmal war er zu Hause gewesen.

Aus Huemers Worten geht hervor, daß er es so ähnlich empfunden hat. Er hatte dann diese kleine Wendung gemacht, eine winzige Bewegung: er hatte sich dazu gebracht, daß er einmal vor einem Menschen nicht zurückgewichen war.

Aber auch das kann nicht als Änderung gelten. Was die Geschichte für Huemer bedeutet hatte, läßt sich von den Bildern der leeren, sonntagsstillen Stadt, zwischen denen er sich bewegt hatte, nicht abziehen. Er hatte geglaubt, der Frau etwas schuldig geworden zu sein; da hatte er es gutmachen wollen. Der Zusammenhang war in der Geschichte richtig. Aber hatte er auch außerhalb ihrer Bestand? Die Umstände waren fragwürdig und sonderbar, der Anlaß geringfügig, die Sache selbst war nicht verdienstlich, sie ließ sich nicht einmal rechtfertigen. Auf der einen Seite Schuld, die eher Einbildung war; auf der andern Seite als Gutmachung eine Art wegwerfender Übertreibung, die Huemer umgekehrt zu nichts verpflichtete. Er gab seinen Mantel her – er konnte sich einen neuen kaufen. Wenn er sich bei dem Vorgang geändert haben sollte, hätte etwas hinzukommen müssen.

Nun sind überall in Huemers Erzählung Stellen, die ein Eindringen von Verwicklung und Handlung erlauben. Das gilt für sein unkontrolliertes Zusammentreffen mit Personen, die ihrerseits alle sonderbar verdächtig sind; und es gilt für die Orte, deren undurchsichtige Leere und Stille erfüllt ist von einem Stoff wie Nebel, aus dem sich Ereignisse niederschlagen können; alles ist voller Regungen, die wahrnehmbar nur sind, wenn man nicht hinsieht: lautlos vorrückende Uhren, Blicke aus Fenstern, Spuren von Leuten, die da gewesen sind; auch der Fluß ist immer da, als sei er, statt in seinem Bette, eben noch die Wände entlang geschwommen; ›der Fluß ist der Fisch‹ – und der Luftraum der Fluß – eine Ausdünstung von Nichtmehr und Nochnicht: Erwartung, Vorspiegelung, Vermutung, Nachforschung in einem, und jeden Augenblick könnte sich etwas verdichten zu einem Stolpern, Unfall und Zusammenstoß – ein Verbrechen wäre möglich, oder der Versuch eines Verbrechens. Huemer selbst hat hier und da Sonderbarkeit empfunden und Verdacht geäußert.

Es gehört in diesen Zusammenhang, daß ich mich manchmal gefragt habe (wie ebenfalls zu Beginn angedeutet), ob ich nicht, um Huemers

Geschichte komplett zu machen, ihr aus diesen Spuren etwas hinzuerfinden müsse. Mir käme das nicht einmal unerlaubt vor, weil doch jedes Menschen Leben nur undeutlich wahrmacht, woraufhin es angelegt ist. Auch Huemer schien mir in seiner Geschichte hinter dem, was sie hätte sein sollen, zurückzubleiben. Ich mußte den Abstand einholen, dann war es vielleicht erst seine Geschichte? Aber dann sagte ich mir: dieses Nichtstattfinden (oder wie Frau Seidler es ausgedrückt hat: du warst nicht wirklich da) gehört doch zu Huemer, er hatte sich uns in seinen Erlebnissen immerzu vorgestellt als jemand, der mit dem Element einer Handlung nicht zusammenkommt. Und wenn dies ein ihm eigentümlicher Zug war, durfte ich nichts daran ändern; so wenig nun auch geschehen war – ich mußte damit auskommen. Ich wurde in dem Vorsatz dann auch bestärkt durch meine Erinnerung an eine zwischen Huemer und Etzel geführte Unterhaltung, zu der es einmal knapp vor Schluß der Erzählung gekommen war. Etzel, der damals ungeduldig das Ende nicht hatte abwarten wollen, war Huemer ins Wort gefallen und hatte ihn gefragt: Aber wie war das nun mit der Frau? In welchem Haus in der Sandgasse hat sie gewohnt, und war das Trauer, was sie trug?

Wir waren alle gespannt gewesen, was Huemer antworten würde, da hatte sich gezeigt, daß es eine Antwort nicht gab; er hatte nicht daran gedacht, die Frau nach diesen Dingen zu fragen. Und nun kam es zu einer Art Verhör wieder, nach Etzels Gepflogenheiten, wobei uns diesmal besonders Huemers Antworten durch eine einsilbige Störrischheit und eine gewisse Nichtbeachtung des jeweils Gefragten auffielen.

Etzel sagte: Das ist mir unbegreiflich, ich kann nicht verstehen, daß Sie diese Erkundigung unterlassen haben. Sie hatten doch der Frau in der Sandgasse so lange nachgefragt – Sie müssen sich doch gesagt haben, daß Sie ihr möglicherweise morgen oder übermorgen dort wieder begegnen werden!

Huemer antwortete: Nein, begegnet bin ich ihr niemals!

Etzel sagte: Aber erlauben Sie, das ist keine Antwort! Natürlich ist es möglich, daß Sie ein ganzes Jahr täglich durch die Sandgasse gehen und der Frau nicht ein einziges Mal begegnen. Nur konnten Sie das doch nicht wissen an dem Abend. Und ich möchte glauben, daß die Frau Sie doch irgendwie beschäftigt haben muß – ich will jetzt nicht von den Zufällen zuvor reden oder davon, wie sie ausgesehen hat – aber Sie wollen mit ihr ein Gespräch geführt haben, das Ihnen merkwürdig war, dann haben Sie sich ihrer angenommen – Sie haben doch sicherlich auch darüber nachgedacht, was mit ihr ist – oder nicht?

Huemer sagte: Ja, ich habe an sie oft gedacht, aber nie, daß ich ihr begegnen könnte – das habe ich nie gedacht!

Es war eine aussichtslose Unterhaltung. Fragen und Antworten gingen aneinander vorbei, als rede Huemer eine andere Sprache als Etzel. Und im Hinhören hatten wir dann den Eindruck, daß Huemer auch wohl jetzt noch nicht im Stande war, sich vorzustellen, wie die Frau, der er an jenem Abend immerzu nachgegangen war, sonst doch, unabhängig davon, auch außerhalb seiner Betrachtung gelebt hatte; und damals war er ganz augenscheinlich nicht auf den Gedanken gekommen, sich etwas an ihr wirklich zu machen oder überhaupt wahrzunehmen, daß es eine Wirklichkeit gab, wo er nicht war. Bezeichnend hierfür seine Antwort, als Etzel ihn zuletzt fragte: Aber nun sagen Sie mir doch einmal – wenn Sie an die Frau gedacht haben – das geben Sie immerhin zu – und wenn Sie nun jetzt durch die Sandgasse gehen ...

Ja, sagte Huemer sofort, ich denke jedes Mal an sie, wenn ich durchgehe. Und ich kann sie mir auch genau vorstellen, mit dem Mantel. Nur – begegnet ist sie mir niemals. Aber ich habe es doch schon erzählt: geträumt habe ich einmal von ihr!

Und weiter? fragte Etzel. – Nein, nur dieses eine Mal hatte ich den Traum, sagte Huemer. Er sprach es aus, als gelte es ihm gleich viel: Traum und Wirklichkeit; und hier nun wurde uns an ihm deutlich, was ihn so fremd machte: er hatte wohl nie erfahren, daß die Wirklichkeit etwas anderes war als der Traum; und daß es in ihr, hätte er sich nur hinübernötigen lassen in ihr wahres Menschenreich, dann auch anders hätte weitergehen müssen, sogar mit seiner Geschichte und seiner Person. Er war eingeladen worden und hatte vielleicht auch etwas geahnt von der unendlichen Verbindung, in der das Herz zu schlagen beginnt, und in der immer Angst, Liebe, Schlaf und Lüge den Menschen umarmen. Aber er hatte die Wendung bis zu Ende nicht mitgemacht – nur den Mantel hatte er hergegeben, er war stehengeblieben, hatte sich nicht auffordern, nicht mitziehen lassen; seinen Namen noch hatte er bekannt gemacht, sich mit ihm verbürgt und sich mit dieser Geste verabschiedet; und er wußte nun wohl auch, wo er sich befand. So hatte Huemers Geschichte kein Ende als dieses Stehenbleiben ohne Mantel; sie hörte auf wie Aufwachen nach einem Traum oder wie Verstummen nach geendeter Rede, wenn der Atem aufhört; ich dachte: Tod. Und an diesem Punkte glaubte ich sie endlich zu verstehen. Niemand kann sich ändern, hatte Huemer gesagt; und er hatte sich auch nicht geändert, sondern eben dies als den Mangel in seiner Natur erkannt: seine Unfähigkeit (und zugleich in ihr etwas, das mehr war als Unterscheidung in der Natur: ob Mangel oder Fähigkeit) – die Unmöglichkeit des Menschen, aus eigenem über sich selbst hinauszugehen, an einem Ort zu Hause zu sein, oder mit einem andern Menschen zu Leben zu kommen. Er hatte erkannt, daß er sich über diesen Mangel nie würde täuschen können – und eigentlich hätte er zu leben aufhören müssen, weil menschliches Leben nur diese Täuschung ist: immerfort Hoffnung, es könne einmal gelingen, ganz hinüberzugehen zum andern und zu Hause zu sein. Bei ihm war die Hoffnung nicht mehr; und er wußte es. Das war ihm geschehen, als er seinen Mantel verlor.

Ich verstand nun auch, was das Wort bedeutet hatte, das die Frau zu ihm gesagt hatte, als er mit ihr vor der Kantine am Schloßberg gewesen war: Oder wollen Sie nie etwas?

Das war Huemers Fall. Wir hörten ihm zu, als er ihn uns darlegte, und störten ihn nicht, wenn er die Geschichte zuweilen selbst mißverstand. Wir hielten uns überhaupt trotz aller Gedanken immer an die Worte und Bilder der Geschichte, auch an ihren Ausklang, und halfen ihm so von diesem wahren Ende, das aus unerzählbarem Stoff war. Er brauchte es nicht zu beachten, wenn er dann so weit war, daß er zum Schluß kam. Er war noch einmal hinüber in den andern Raum der Kantine gegangen und kam dort eben zurecht, wie die Frau seinen Mantel verkaufte. Er sah dabei zu, es ging alles in Harmonie vor sich. Die Käufer benahmen sich, da der Handel nun fix war, anständig, auch die Frau war nicht mehr ängstlich. Ehe sie ging, winkte ihr Huemer zu, sie winkte zurück, dann war sie draußen. Mit ihr, und bald hernach, gingen auch die meisten der andern Leute; die Polizisten hatten Zapfenstreich, sie zogen sich nach den Abstufungen ihrer Ränge, die niedern zuerst, die höhern hinzögernd, zurück. Die Flüchtlinge gingen in ihren Dachbodenhimmel, und wer von der Altstadt heroben gewesen war, brach auf in die andern Lokale, wo das Leben jetzt nach Mitternacht erst begann. Wir kannten diese Stunde, zu der es in der Kantine leer wurde, und eigentlich war es uns da am liebsten in ihr, nicht weil wir allein waren, sondern weil auch das Leben, das uns den Ort besonders machte, da erst hervortrat. Huemer behauptete, wir seien in dieser Nacht noch lange geblieben, wir erinnerten uns daran nicht so genau. Wir glaubten es ihm ohneweiters, er mußte es wissen, für ihn gehörte es noch zu seiner Geschichte. Aber von diesem Schluß brauchte er uns das einzelne nicht mehr zu sagen. Wir kannten es von manchem andern Mal, und es stellte sich auch, sobald sich Etzel beruhigt hatte, nicht mehr viel einzelnes vor: draußen Nacht, sie füllte das Fenster aus, kaum Lichter über der Stadt, die mit ihren Dächern heraufragte, eine Ahnung freien Raums, dort wo der Strom sein mußte, und manchmal auch ein Schimmer von ihm, geringe Erhellung, von der Wasserfläche aufgesammeltes spärliches Licht. Eine Art Stimmung nur, von der sich kaum etwas sagen ließ, uns eben bemerkbar, weil unsere Stadt davon sonst nicht so viel hatte, darum hingen wir an ihr.

Die Welt ist ein Versuch

23 Erzählungen
Ausgewählt von Ernst Reinhard Piper.
1986. 374 Seiten. Serie Piper 544

»Die Welt ist ein Versuch« – dieser Satz steht in einer Erzählung Ingeborg Bachmanns, bei Ernst Bloch findet sich eine erweiterte Fassung: »Die Welt ist ein Versuch, und der Mensch hat ihr zu leuchten.« Dieses Licht in der Dunkelheit der Welt zu finden und aufzustecken ist das Anliegen aller großen Erzählkunst, als deren Zeugen aus dem 19. Jahrhundert hier Jean Paul und Dostojewski stehen, und daneben eine illustre Reihe von Autoren unseres Jahrhunderts – schon klassische, wie Aldous Huxley, Federigo Tozzi und Albert Paris Gütersloh, und solche, deren Bedeutung gerade erst erkannt wird: Cynthia Ozick, Ludwig Fels oder Antonio Skármeta.
Jede dieser in sich abgeschlossenen Erzählungen bietet einen literarischen Baustein für das immer noch im Bau begriffene Haus der Menschheit, ist ein Entwurf im Experiment Welt und ihrem großen Laboratorium, der Literatur.